ENFJ 친구가
…세요.

이 다양한 사람들을
잘 부탁드립니다.

— 함윤이

E 랄라
S 신나는
F riend 불러 있어?
P ㅎㅎㅎㅠㅎㅎㅠ

-김홍-

지긋지긋하고 사랑스러운,
나의 사람들.

따사로운 

- 최미래 -

Sweet dreams!

이경란

우리
MBTI가
같네요!

ESFP
ESFJ

ENFJ
ISFP
우리
MBTI가
같네요!
ISFJ

M

&　T

I

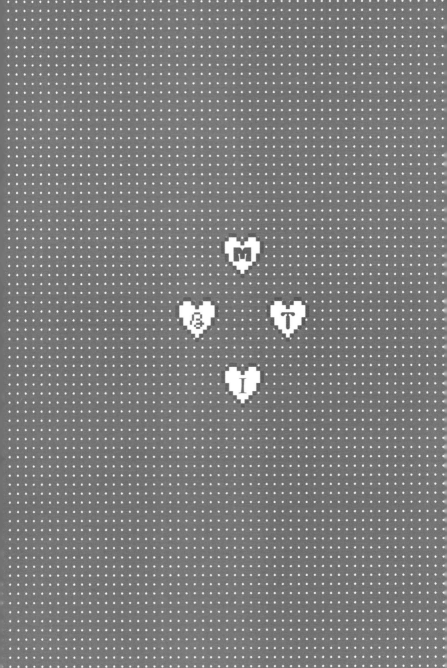

차례

ESFP

김홍

E

S

M

& T

I

Ⓟ

Ⓕ

여기서 울지 마세요

지금도 산해 씨가 문을 열고 들어올 것 같다. 환한 미소와 함께. 하지만 이곳에서 그를 만나기는 어려울 것이다. 산해 씨는 흩어졌으니까. 나를 이곳에 보낼 때처럼, 가장 빛나는 순간에.

문을 여는 소리만으로 산해 씨를 알 수 있다. 가게를 처음 찾은 손님은 대체로 스르륵- 문을 연다. 단골들은 슈욱- 들어온다. 거래처는 읏차- 하고 회장은 콰차찻- 하며 화장실이 급해 들어온 행인은 후읍- 한다. 나는 아마 슈우- 할 것이다. 한숨과 비슷하게.

산해 씨는 이런 거다. **오늘도 당신이 행복하길 바라요. 날씨 너무 좋다 산책하고 싶은데 뛰고도 싶어. 그래도 당신을 만나 기뻐 안녕하세요**, 랄까? 누군가에겐 끼익- 이나 띠리링- 같은 평범한 소리로 들렸을지 몰라도 적어도 내겐 그랬다. 물론 처음 만난 날은 조금 달랐다.

사장님 안녕하세요 알바하러 왔습니다 비가 와서 행복해. 알바 구하는 거 맞죠 언제부터 시작할까요. 준비됐어요 저녁에 친구 만난다 너무 좋아.

나의 답은 거의 즉각적이었다.

"하셔야죠. 일하세요. 지금부터요."

산해 씨가 곧 알게 될 사실은 내가 사장이 아니라는 거였다. 내 인생에 부반장 이상의 직책을 맡아본 적이 없다. 딱 한 번 제비뽑기 운이 없어 부반장에 걸렸는데 너무 싫었다. 고민하다 다음 날 전학 가버렸다. 부반장은 아무도 하기 싫어하니까……. 부- 가 들어가는 직책은 대개 별로인 것 같다. 부장만 빼고. 부장 정도면 할 만할 것 같지 않아? 누가 뭐래도 사장만 한 건 없겠지만. 우리 사장 노인네는 허세가 심해서 자신을 회장이라고 부르게 했다. 직원이 300명 되는 아이스크림 공장을 운영했었다는데, 믿거나 말거나지 뭐. 생전 처음 듣는 제품명을 말하며 '한 번쯤 먹어보지 않았냐'고 묻기도 했다. 은근히 기대하는 표정이었지만, 한 번도. 능이버섯 맛 아이스크림이라니. 누가 그런 걸 먹어?

회장이 특히 강조한 것은 밝은 알바를 뽑아야 한다는 거였다. 알바가 밝아야 가게 분위기도 환해지고 손님도 많이 든다나. 틀린 말은 아닌데 최저 시급 주면서 바라는 게 많다? 하는 거 봐서 4대 보험도 들어주고 보너스도 줄 거라고 했다.

"회장님. 그것도 그거지만 월급을 올려줘요."

"월급을? 자네가? 주나?"

"입금은 제가 하잖아요."

"최 주임. 자네는 그걸 알아야 돼. 사업이란 건 말이여, 고스톱처럼 하는 거지 섯다처럼 하는 게 아냐. 성실히 루틴을 지키는 자에게 약간의 운이 찾아오면? 부자 되는 건 금방이다 이거지."

"그게 알바 시급이랑 무슨 상관이에요?"

"알바는 무조건 최저 시급을 주는 게 내 루틴이라는 거지."

어찌저찌 버팅겨서 약간의 합의를 봤다. 그래 봤자 최저 시급에 1000원을 더 얹었다. 대신 산해 씨가 밝게 일해준다면 급여를 유연하게 조정하기로 했다. 가게를 환하게 만들어주면 시원시원하게 지갑을 열기로 약속한 거다. 그때까지도 회장은 몰랐을 거다. 이 말이 훗날 어떤 결과를 초래할지 말이다.

손님이 다섯 명 이상 들어오지 못하는 작은 빵집이었다. 그래도 고정적으로 찾는 단골이 꽤 있었다. 회장은 가게 안쪽 금고에 '황금 레시피'를 숨겨두고 내게는 절대 보여주지 않았다. 반죽 배합을 할 때도 꼭 문밖에 나가 있게 했다. 돈가스 먹고 오라며 5000원을 쥐여줬는데 그걸로는 어린이 돈가스도 못 사먹었다. 어쩔 수 없이 콩나물국밥을 먹고 왔다. 박봉에 비합리적인 근무시간, 묘하게 자존심을 깎아내리는 직원 관리에도 불구하고 그곳을 떠날 수 없었던 것도 전부 황금 레시피 때문이었다. 우리 가게의 빵은 솔직히 맛있었다. 저 괴팍한 회장의 손에서 나온 것이 맞을까 하는 생각이 들 정도였다. 열심히 일하면 언젠가 내게도 레시피를 공유해 줄 거라는 막연한 기대를 갖고 있었다.

산해 씨가 우리 가게에 일하러 온 것도 빵이 너무 맛있어서라고 했다. 우연히 들른 가게였는데 환상적인 크루아상을 만나버렸다고. 이탈리아의 밀밭 한가운데로 자신을 던져버린 치아바타 생각에 잠을 이룰 수 없었다고. 바삭하게 부스러지는 달콤한 퀸아망에 우울한 기분이 전부 부서져 내렸다고. 산해 씨가 조금 오버하는 성격인 것을 감안해도 틀린 평가는 아니었다.

산해 씨는 출근 첫날부터 착실히 일을 배우기 시작해 금세 한 사람 이상의 몫을 했다. 시키지도 않았는데 가게 인스타그램을 만들어 손님을 끌어모았다. 보장된 빵 맛에 약간의 마케팅이 더해지니 입소문이 나는 건 시간문제였다. 잔뜩 뿔이 난 단골들에겐 미안했지만 급상승한 매출 덕분에 일하는 게

즐거웠다. 회장도 기뻐하고, 산해 씨도 즐겁고, 나도 좋았다. 나는 왜 좋아했지? 월급이 오른 것도 아닌데. 하여튼 파리 날리는 것보다는 바쁜 게 좋긴 했다. 멍하니 손님을 기다리는 시간은 외롭고 또 비참하니까.

문제가 있다면 산해 씨가 너무 밝다는 거였다. 정말이지 밝아도 너무 밝았다. 어느 정도였냐 하면 거의 3000럭스에 육박했던 거다. 독서에 적합한 조도가 500럭스 정도고 정밀한 작업을 요하는 전자 제품 조립라인이 2000럭스 정도다. 어두컴컴한 창고는 50럭스 정도. 30럭스 정도만 돼도 물건 구분 다 되고 박스 나르는 데 문제가 없다. 산해 씨는 계속 밝아져서 출근 두 달 만에 5000럭스를 돌파했다.

가게를 찾는 손님들은 선글라스 없이 입장할 수 없었다. 인근 가게에서 민원이 들어와 암막 커튼을 쳐놨는데, 문을 열 때마다 새어나가는 빛이 미용실 거울에 난반사됐다. 골목 전체가 밤낮없이 보안경을 쓰고 일했다.

관공서에서 계도 나올 때마다 회장은 온갖 죽는소리며 협박이며 할 수 있는 것을 모두 해서 상황을 모면했다. 그날은 두꺼운 뿔테 안경을 쓴 시청 주무관이 거의 사정하다시피 했다. 회장은 완고했다.

"저 친구가 ESFP인 걸 워째? 밝은 사람이 억지로 시무룩하게 지내나? 그게 주민의 행복을 위한 자세 맞어? 적극행정이 적극적으로 사람 기분 잡치게 하는 게 적극행정이여?"

"그래도 해결해 주셔야죠. 골목 전체가 고생하고 있어요."

"장사 시작한 지 2년 만에 이제 겨우 뜬뜬 맞추기 시작했는데, 다 접고 그냥 손가락 빨라고? 자네 MBTI가 뭐여? STJ지?"

"어떻게 아셨어요. ISTJ예요."

"냉정하기 그지없잖아. 시장은?"

"ESTJ요. 선출직 공무원이 I인 거 보셨어요?"

"내 말이. STJ가 MZ세대 탄압했다고《벼룩시장》에 대문짝만하게 기사라도 내줘? 거기 편집장이 내 고향 후배 사돈처녀여. 한번 뜨거운 맛을 보고 싶어? 자넨 달력도 안 보나? 선거 3개월 앞인디? 민선 시장 조만간 정치 낭인 한번 만들어 드려?"

시청 직원은 땀을 뻘뻘 흘리다가 소득 없이 돌아갔다.

한바탕 실랑이를 벌인 회장은 갑자기 피곤하다며 이른 퇴근을 준비했다. 포스의 돈을 한 칸씩 다 빼서는 주머니에 넣었다. 현금 손님이 오면 잔돈은 어떻게 해요? 나의 질문에 회장은 빽 소리를 질렀다. 카드 손님만 받으면 되잖어!

난리를 쳐놓고 바람처럼 가게를 떠나버린 회장의 뒷정

리를 했다. 아무렇게나 널브러진 빵틀, 반죽이 엉겨 붙어 있는 도마, 뚜껑을 열어놓은 올리브 통까지. 일 벌이는 사람만 따로 있다는 말이 딱 맞았다. 행주를 두 번 빨아 꼭꼭 짜서 선반을 훔치다가 흠칫 놀랐다. 금고의 문이 열려 있었던 거다. 산해 씨가 내뿜는 빛으로 가득 찬 가게에서 반 틈 열린 금고 속은 심연처럼 아득하게 어두워 보였다. 선반 너머로 매장 내부를 건너봤다. 5만 원권을 들고 온 손님에게 연신 양해를 구하는 산해 씨가 보였다. 그가 울상을 지으며 미안해할 때마다 전압이 불안정한 전등처럼 빛이 몸을 웅크렸다 다시 밝아졌다.

나는 천천히 금고 쪽으로 다가갔다. 왼손으로 떨리는 오른손을 지탱하며 문고리를 잡았다. 이 정도는 괜찮지 않을까? 그동안 고생한 세월이 얼마인데. 이거는 완전히 정당한 거다. 이거는 진짜 방금 부처님 만나고 온 스님이 와도 못 참는다. 황금 레시피 살짝만 보고 제자리에 놓자. 영감님 눈도 침침하니 자리 조금 바뀌어 있다고 눈치 못 챌 거야. 가자. 가는 거야. 좀만 더. 얼른.

에엣취이이.

산해 씨의 재채기가 폭죽처럼 터졌다. 매대에 있던 빵이 사방팔방으로 흩어지고, 1000원짜리를 찾아 핸드백을 뒤적이던 손님이 에구머니나, 하고 엉덩방아를 찧었다. 금고 앞에 서 있던 나 역시 뒷걸음질 치다 발을 헛디뎌 바닥에 굴렀다. 주방에 가라앉아 있던 밀가루가 벌떡 일어나 만든 뿌연 연기 뒤로 출입문에 서 있는 회장의 모습이 보였다. 로봇처럼 뻣뻣한 걸음걸이로 주방에 들어오더니, 문이 활짝 열려 있는 금고를 닫고 자물쇠를 잠갔다. 집기들이 온통 뒤섞여 있는 주방을 둘러보고는 뭔가를 스스로 납득한 듯 고개를 끄덕였다. 회장이 매서운 눈으로 산해 씨와 나를 번갈아 보며 말했다.

"거 재채기 한번 징하게 했구먼. 가게가 난장판이 됐네. 오늘 장사 여기까지. 샷다 내리고 대청소나 하게."

그때 산해 씨가 나를 보며 눈을 찡긋했다. 알고 있었던 건가? 일부러? 나를 위해?

산해 씨가 대걸레를 들고 화장실에 간 사이 회장이 말했다.

"쟈를 짜르기는 짤라야 혀."

회장의 입에서 나온 말을 믿을 수 없었다. 산해 씨를? 미쳤나?

"진심이세요? 오늘 일은 그냥 실수잖아요. 회장님도 아실 텐데요. 산해 씨 들어오고 늘어난 매출이 얼마인지요. 적자 벗어난 지 얼마나 됐다고 이래요."

"내 말이 그거여. 매출이 얼마인데. 아직도 똔똔이나 맞추고 있는 거, 이게 맞는 상황이냐 이거여. 자네는 빵이나 알

F

지 경영은 반 푼어치도 모르지. 경비가 너무 쎄잖어. 급여로 다 나가는데 돈은 언제 벌 거여."

회장이 말하는 급여는 최저 임금에 약간의 돈을 얹은 처음의 그 급여가 아니었다. 회장은 밝게 일할수록 급여를 올려주겠다는 약속을 의외로 착실히 지키는 중이었다. 산해 씨의 급여는 산해 씨가 따듯한 전구처럼 빛날 때는 그럭저럭 조건이 좋은 아르바이트 정도였지만, 보안경을 쓰게 된 이후로는 매출의 60퍼센트를 차지했다.

"자네가 말해."

"전 못 해요."

"그럼 내가 하리? 내가 그래도 명색이 회장인데 직원들 인사 조처 하나하나까지 신경 써야 쓰겄어? 자네는 대기업을 안 다녀봐서 모르나 본데, 그런 데는 나같이 매일 출근하는 오너라는 건 있지도 않어."

"여기는 그런 데가 아니잖아요."

"자네 내 MBTI가 뭔지 알어?"

"글쎄요. 저는 그런 거 잘 몰라요."

"그럼 한번 생각해 봐. 좋은 기회잖어."

"ttprq?"

"니 MBTI 진짜 모르는구나."

"네."

"내가 이 동네의 유명한 GSTK여. 날 때부터 GSTK였어."

"좋은 거예요?"

"개색키라고 개색키. 내가 나서면 험한 꼴 보니께 알아서 처리혀. 자네 공은 잊지 않고 높이 살 것인께."

나는 몇 번이고 회장을 설득하려 했다. 차라리 급여를 낮추고 산해 씨를 계속 쓰는 게 어떠냐고 말이다. 산해 씨도 싫다고 할 것 같지 않았다. 하지만 회장은 무조건 산해 씨를 정리하라고 했다. 노인네가 왜 그렇게 심보가 꼬였는지 도대체 말을 들어먹지 않았다.

산해 씨의 사정을 듣지 않았다면 모든 일이 조금 쉬웠을지 모른다. 나는 그가 몇 시에 잠들어 언제 일어나는지, 얼마나 고단한 여정을 거쳐 가게에 도착하는지 알고 있었다. 경기도 외곽의 작은 고시원에서 몸을 일으키고, 오직 가게에서 주는 바짝 마른 샌드위치와 커피 한 잔으로 일과를 버틴다는 걸 모른 척할 수 없었다. 집에 돌아간 그가 가게에서 남은 단팥빵으로 저녁을 때우고, 야식으로는 소보로빵을 먹는 모습이 머릿속에 그려졌다.

산해 씨도 처음부터 그렇지는 않았다. 부모님이 보내준 학자금과 자취방의 보증금을 전부 빼서 가상화폐에 일생일대의 베팅을 한 것은…… 제2금융권에서 풀대출을 당겨 다시 한번 인생의 베팅을 걸었던 것은…… 지극히 그다음 결정이었다.

그냥 잘될 줄 알았어요. 점장님도 그럴 때 있잖아요. 아 이건 된다, 무조건 간다! 하는 거요.

산해 씨의 손에 휴지 조각이 된 코인이 몇 개라도 남아 있었다면 그는 여전히 **잘될 거 같은데요?**라고 했을지 모르겠다. 산해 씨는 현물보다 선물 거래를 선호했다. 바이비트에서 레버리지 50배로 전 물량을 롱에 태웠다.♦ 강제 청산된 산해 씨의 물량은 산산이 흩어져 세계 곳곳 수만 명의 전자 지갑에 다른 이름으로 적혔다. 두 번째 베팅에서 산해 씨에겐 한 번의 기회가 더 있었다. 연준이 자이언트 스텝을 밟았고, 금리 인상 기조가 계속될 것이라는 명확한 전망 속에서도 산해 씨는 숏 대신 롱을 쳤다. 그는 본질적으로 숏이란 걸 칠 수 없는 종류의 인간이었다.

그래도 잘된 것 같아요. 이렇게 좋은 분들 만나서 일도 하고, 매일매일 맛있는 빵도 먹을 수 있잖아요!

그런 산해 씨에게 말해야 했다. 여기서는 더 이상 잘될

♦ 선물거래에서 상승에 투자하는 것을 롱, 하락에 거는 것을 숏이라고 한다. 레버리지 50배를 사용할 경우 1퍼센트의 변동이 생기면 50퍼센트의 수익을 얻을 수도, 50퍼센트의 손실이 생길 수도 있다. 단, 손실률이 일정 기준 이상이 되면 '강제 청산'당하고 투자한 증거금을 잃게 된다.

수 없다는 걸.

크리스마스를 위한 컵케이크가 매대를 가득 채웠다. 회장이 수줍게 차려놓은 특별 메뉴에 리본을 달아 장식해 놓았지만, 사람들의 선택을 받는 건 역시 평범한 버터플라워 케이크였다. 당연하지. 누가 능이 달인 물로 반죽한 컵케이크를 먹고 싶겠어?

미루다 보니 크리스마스까지 왔다. 해가 바뀌기 전에 정리하라는 회장의 엄포가 있었고, 크리스마스 뒤에는 신정까지 쭉 휴무였다. 나는 캐롤을 배경음악으로 산해 씨에게 작별을 고해야 했다. 누가 크리스마스 날 해고 통보를 받고 싶겠어? 누구라고 크리스마스 날 해고 통보를 하고 싶겠어? 절망적인 내 속을 아는지 모르는지 산해 씨는 평소처럼 밝은 모습이었다. 선글라스를 끼고 가게에 들어온 손님이 소금빵을 쟁반에 담았다. 마지막 손님을 보내고, 셔터를 반쯤 내린 뒤 돌아봤다. 산해 씨는 콧노래를 부르며 매대 앞에 있었다.

"산해 씨."

네, 점장님! 오늘 너무 고생하셨어요. 와 진짜 장사 맨날맨날 이렇게만 되면 금방 부자 되겠다.

"산해 씨. 내가 좀 어려운 말을 해야 할 것 같은데, 오해하지 말고 들었으면 좋겠어."

그는 몇 개 남지 않은 컵케이크를 미리 가져온 밀폐 용기에 옮겨 담고 있었다. 대부분 능이 맛이었다. 고단한 산해 씨의 저녁 한 끼가, 야식이 될 것이다. 이제는 그것도 마지막이겠지만.

어려운 말요? 점장님 책도 안 읽는데 어려운 말 해봤자죠! 갑자기 러시아어 같은 거 배워온 건 아니죠? 무슨 말이든 해보세요. 오해하지 말고 들으라는 말치고 좋은 말 없는 거 같은데. 그래도 점장님이니까 특별히 봐드릴게요.

"이번 달까지만 일하고 정리해 줄 수 있어? 이번 달 업무가 오늘까지니까…… 오늘까지네. 미안해. 좀 더 일찍 말했어야 했는데 용기가 안 났어. 해고 예고수당으로 한 달 치 월급도 같이 들어갈 거야. 이거 부당 해고 맞으니까 노동청에 꼭 신고해. 신고해서 받을 수 있는 거 다 받아 가. 정말 미안해. 가게 사정이…… 사정은 특별한 게 없고 보다시피 장사는 잘돼. 전부 산해 씨 덕분이야. 근데 사장이…… 아니 회장이…… 뭐라 말을 못 하겠네…… 내가 진짜 열심히 얘기해 봤는데, 잘 안됐어. 미안해. 정말 미안해."

가게를 환하게 채우고 있던 빛이 순간적으로 사라졌다. 눈에 남은 빛의 잔상 때문에 사위가 완전히 컴컴해졌고, 그 탓에 산해 씨의 표정을 볼 수 없었다. 갑자기 너무 밝은 빛이 다시금 가게를 채웠고, 그때 나는 알 수 없는 환희와 두려움을 동시에 느꼈다. 이렇게 빛 속에서 죽을 수 있다면, 행복 없는 삶이었지만 좋은 마무리가 될 수 있지 않을까? 이렇게 밝은 빛이 한꺼번에 나를 휘감아 죽음으로 몰아붙인다면, 한 번만 살려달라고 애원해야 하지 않을까? 내가 둘 중에 진정으로 원하는 게 무엇인지 확신할 수 없었다. 몇 초의 정적이 흐르는 동안 내 눈은 새로운 빛에 조금씩 적응했고, 형체를 알아볼 수 있게 된 산해 씨가 입을 열었다.

차라리 잘된 것 같아요. 저 요즘 여행이라도 한번 가야겠다고 생각하고 있었거든요.

산해 씨는 웃고 있었다. 처음 문을 열고 들어왔을 때처럼. 내가 줄 수 있는 건 마지막 급여와 그 사이에 꽂아둔 쪽지 한 장뿐이었다.

당연한 얘기지만, 매출이 직강하했다. 회장은 묘안이 있으니 걱정하지 말라고 했다. 그가 가져온 건 LED 전신 슈트였다. 회장의 루틴대로 최저 시급을 주는 아르바이트 세 명을 뽑아 교대로 슈트를 입고 근무하게 했다. 옷이 워낙 무겁고 꽁무니에 달린 전기 코드 때문에 거동이 쉽지 않았다. 산해 씨처럼 밝은 사람도 없었고, 그들이 최저 시급을 받으며 힘든 일을 계속할 이유도 없었다. 죄다 며칠 못 버티고 도망갔다.

자연스럽게 LED 옷을 입는 건 내 의무가 됐다. 가게를 채우던 빛은 그럭저럭 메울 수 있었지만 한번 줄어든 손님은 다시 늘지 않았다. 빛과 상관없이 가게를 찾던 단골들마저 한 마디씩 하고 발길을 끊었다.

“밝긴 한데 그게 전부잖아요. 따듯하지가 않아요.”

그래도 떠날 수는 없었다. 여전히 우리 가게의 빵은 맛있었으니까. 고집스럽고 인정머리 없는 놈이긴 했지만 회장이 만든 빵은 남달랐다. 단단해야 할 부분은 단단하고 부드러운 부분은 입에서 사르르 녹았다. 먹고 있으면 행복했고 다 먹으면 그 맛이 그리웠다. 담백한 빵은 인생의 허전함을 스근하게 채워줬고 달콤한 빵은 우울마저 녹여낼 만큼 짜릿했다. 내가 때려치우지 못하는 이유도 빵 때문이었다. 단 한 번이라도 황금 레시피를 보고 싶었다. 중요한 건 빵 아닌가? 빵집인데. 우리가 조명 가게를 하는 것도 아니고, 빵집인데 빵만 맛있으면 되지. 회장은 빵을 잘 만들었다. 어쩌면 처음부터 중요한 건 그것 아니었을까? 밝은 빛으로 현혹하고 상냥함을 담아 포장해도 맛이 없으면 전부 헛수고가 아니냐는 거지.

근데 아니다. 그런 게 아니었다. 중요한 건 빵도 뭣도 아니었다. 산해 씨였다. 오래전부터 내 인생은 잘못돼 있었다. 빵만 생각하고 빵만 좇는 동안 내실 없이 부풀어 오른 마음만 남아 있었다. 오븐에서 꺼내 잘라낸 빵의 단면처럼 구멍이 숭숭 나 있었다. 그리고 나는 산해 씨를 만났다. 그가 내뿜는 환한 빛에 얼마나 빚지고 있었는지 그제야 알 것 같았다. 구멍 난 삶을 채우는 빛이란 게 얼마나 강력한 건지를.

그래도 인생은 계속됐다. LED 전신 슈트를 입고, 이마에는 헤드램프를 두른 채 손님 없는 빵집을 지켰다. 무료함을 달래려고 켜놓은 TV에서 산해 씨를 봤다. SBS 〈순간포착 세상에 이런 일이〉에 산해 씨가 나오고 있었다. 여전히 밝은 모습으로 야구장에 서 있었다. 전광판 꼭대기 철 계단으로 올라가야 하는 아슬아슬한 자리에서 빛나고 있었다.

지자체가 사기 사건에 휘말려 2년간 프로야구가 열리지 않았다. 올해 다시 시작했는데, 저녁 경기에 라이트 켤 돈이 없어 주로 낮 경기를 했다. 산해 씨가 일하는 팀 하나만 저녁 경기를 했다. 산해 씨는 우리 가게에서 일할 때보다도 훨씬 밝은 모습으로 야구장 전체를 밝히고 있었다. 선수도 관객도 모두 선글라스를 낀 채였다. 3D 영화를 상영하는 극장처럼 보였다.

홈팀 4번 타자가 호쾌한 스윙으로 날린 공이 아치를 그리며 펜스를 넘었다. 산해 씨는 화면이 뿌예질 만큼 환해지고, 응원단은 빛에 취한 듯 몸을 떨며 환호했다.

원정 경기 이동하는 게 제일 힘들어요. KTX 내려서 경기장까지 택시 타면 남는 돈이 거의 없어요. 그래도 제 덕분에 웃는 사람들을

보면 좋아요! 퇴근하고 바로 온 회사원들이 응원에 맞춰서 소리 지르면 저도 모르게 환하게 밝아진다니까요!

산해 씨는 여전히 아르바이트생이었다. 〈순간포착 세상에 이런 일이〉 제작진이 찾아간 곳은 내가 알던 바로 그곳, 경기도 외곽의 고시원이었다. 산해 씨는 공용 냉장고에서 꺼내온 김치와 참치 통조림을 저녁으로 먹었다. 야구장에 있을 때만큼은 밝지 않았다.

이렇게 열심히 살다 보면 언젠가는 좋은 일이 많이 생기겠죠? 아 그리고! 혹시 점장님 이거 보시면 연락 주세요! 제가 표 공짜로 드릴게요. 야탑동 빼이- 빵집 진짜 맛있으니까 많이 이용해 주세요! 파이팅!

방송사가 상호를 가려줘서 오히려 안심이 되었다. 누가 와서 따지기라도 할까 봐 겁이 났다. 저렇게 밝고 긍정적인 직원을 어떻게 내보낼 수 있냐고 말이다. 인기척에 돌아보니 보안경을 낀 회장이 서 있었다.

"봐봐. 내 얘기는 안 하잖어."

"나 같아도 안 하죠. 회장님이 쫓아낸 건데."

"난 ESFP가 싫어. 산해가 싫은 게 아니라 그게 싫은 겨."

"회장님은 뭔데요? 그 MBTI라는 거."

"엔프피."

"네 글자여야 되는 거 아니에요?"

"ENFP. 니 MBTI 진짜 모르는구나."

"모른다니까요. 그럼 거의 비슷한 거 아닌가? 한 글자만 다른 거잖아요."

"묘하게 캐릭터가 겹치는 게, 그게 또 싫어."

"회장님. 전 회장님이 싫어요."

싫다고 말하니 정말 싫어졌다. 회장과 얼굴을 맞대고 있는 것 자체가 싫어 가게에서도 등을 돌리고 앉았다. 세상 사람들이 열광하는 MBTI라는 게 뭔지 나도 좀 알고 싶어졌다. LED 슈트의 조명을 끄고 노트를 폈다. 회장은 내가 끄적거리는 게 레시피인 줄 알고 있었겠지만, 사실 나는 위키백과를 보며 명리학을 공부하고 있었다. 살펴보니 MBTI라는 게 사주팔자와 크게 다르지 않았다. 8개의 글자를 모아 4개의 기둥을 세우는 원리는 같았다. 육십갑자를 간소화시켜 16개의 유형으로 줄인 것은 서구적 합리성의 반영이라 할 만했다. 내가 오래 고민한 것은 오행에 대해서였다.

B는 Bool이니 화火이며, T는 Ttang이니 토土였다. I가 조금 헷갈리긴 했다. 하지만 답을 내리는 데는 오랜 시간이 걸리지 않았다. '지표'로 번역하고 있던 Indicator에 다른 뜻이 있음을 발견한 것이다. 네이버 영어 사전에서는 알아내지 못한 것을 구글에서 찾았다. 엔진 장치의 실린더 내부 압력을 표시

F

하는 기계. 이것은 틀림없는 금金이었다.

문제는 M이었다. Mok이니 목木인 것인가, Mool이니 수水인 것인가? 이에 관해서는 조금 더 심층적인 연구가 필요했다. 결론부터 말하자면 M은 절대 수水가 될 수 없었다. 영락없는 목木이었다.

칼 융의 심리학을 기초로 MBTI의 초기 모델을 정립한 것은 이사벨 브릭스 '마이어스'와 캐서린 쿡 '브릭스' 모녀다. MBTI의 M을 담당하는 딸 '마이어스'는 1897년 10월 18일 출생으로 정확한 생시는 알 수 없었지만, 융의 원형 이론에 기반해 복잡계 계측을 적용한 결과 인간의 영성이 가장 예민하게 발달한다는 새벽 4시에 태어난 것으로 추정할 수 있었다. 그의 사주 오행을 풀어보면 다음과 같다.

상관	일간(나)	정인	편재
甲	癸	庚	丁
寅	亥	戌	酉
상관	겁재	정관	편인

木이 둘, 火가 하나, 土가 하나, 金이 둘, 水가 둘로 비교적 고르게 분포된 경향을 보인다. 출세, 재능, 재물이 고르게 있으나 두드러진 것은 없고 사랑과 학문, 정신과 지도력에 있어서 다른 운에 비해 부족함이 있다. 나무와 불이 멀리 떨어져 있는데 그 가운데 물이 단단히 자리 잡고 있으니 큰불을 맞이할 일은 적어 보인다.

이렇게 보면 마이어스 씨의 사주에 물이 적다고 할 수 없는데, 어째서 M은 Mool이 될 수 없는가? 답은 바로 별자리에서 찾을 수 있었다. 2009년 자전축 이동으로 별자리 체계가 변경되기 전을 기준으로 했을 때 마이어스 씨는 천칭자리다. 목木, 토土, 금金, 수水는 모두 저울에 달기에 무리가 없다. 남는 것은 화火인데 마침 마이어스 씨의 오행에 화火가 하나뿐인 것이 이렇게 설명된다. 그런데 저울을 만드는 것이 금金을 화火로 달궈야 하는 일이니 둘은 마이어스 씨 안에 내재적으로 선행하고 있다고 봐야 한다. 저울에 남은 세 요소, 목木과 토土와 수水를 함께 넣으면 어떻게 될까? 나무와 흙이 물을 빨아들이고 쇠는 물을 변질시킨다. 따라서 마이어스 씨의 M에는 온전한 Mool이 들어갈 자리가 없는 것이다.

MBTI는 인간의 본질을 16가지 형태로 분류해 내기에 모자람이 없는 훌륭한 도구지만, 오행 중 수水가 부족한 사상이라는 것이 큰 문제였다. 불완전한 것에 의지하는 사람들의 의식이 물질세계에 반영되지 않으리란 법이 없었다. 세계의 물은 사라져 갈 것이다. MBTI가 성행하는 세상에서는 더욱 그럴 것이다. 이런 생각이 머리에 자리 잡고서 떠나지 않았다. 불안해서 밤에 잠도 이루지 못했다. 메말라 갈라지는 대지와, 비참하게 시들어버린 초목의 영상이 머릿속에서 끊임없이 재생됐다. 밀 한 톨 자라지 않는 불타는 대지, 반죽할 수 없어 흩날리는 가루. 한 조각의 빵은 누구에게도 허락되지 않을 무모한 사치에 불과했다. 진짜로, 다 죽게 생긴 마당에 빵이 다 뭐람?

내 마음이 가게를 떠난 걸 회장도 눈치채고 있었다.

"최 실장. 요새 무슨 고민 있어?"

"저 언제부터 실장이었어요? 점장이잖아요."

"승진. 그저께부터."

"회장님. 다 부질없어요. 지금 그게 문제가 아니에요."

"그럼 뭐가 문젠디?"

"물이 없어요."

"물?"

"나무, 불, 흙, 쇠 다 있는데 물이 없어요."

"자네 또 그 사주쟁이 소리여? 내가 요즘 자네 생각하면 진짜루 밤에 자다가도 벌떡 일어나. 어쩔라구 그려. 가게 망하는 꼴 보고 싶은 겨?"

“이 가게 제 가게 아니잖아요. 회장님 꺼잖아요.”

눈을 질끈 감은 회장이 도리질하며 짐을 챙겼다.

“나 들어갈라니까 마감 잘혀. 그리고 금고 열어봐. 선물 있응께. 비밀번호는 자네 생일이여.”

쓴웃음이 났다. 그깟 레시피 따위, 이제 와서 어쩌라는 건가 싶었다. 황금 레시피라니. 정말이지 유치한 조어일 뿐이었다. 물이 없으면 불을 끄지 못한다. 커져가는 불이 회장의 머리 뒤에서 일렁거리는 게 보였다. 마음속에 불을 지닌 사람은 틀림없이 누군가를 다치게 한다. 그래서 산해 씨도 떠나보낸 거다. 나는 알고 있었다. MBTI의 확산은 전 지구적인 재앙을 암시하고 있다는 걸 말이다. 그래도 확인이나 해보자고. 뭐가 들어 있을지 모르잖아? 레시피라고 안 했으니까 돈일 수도 있지. 엄청난 보너스라도 넣어놓은 건 아닐까? 가게 지분이라도 좀 나눠 주는 건가? 가서 좀 쉬다 오라고 항공권이라도 끊어놨을지 누가 알아.

숫자 4개를 차례로 맞췄다. 회장이 내 생일을 기억하고 있는 것도 조금 의외였다. 테두리에 금박을 입힌 상장에 내 이름이 적혀 있었다.

P

F

사령장

최주학

부회장에 임함

2023년 5월 9일

회장 전덕순

全德順
製菓會
長之印

나는 금고를 닫고 평소처럼 일과를 정리했다. 시재를 맞추고, 재고로 남은 빵을 가방에 담았다. 창고를 확인해 계란과 밀가루, 그밖에 필요한 재료들을 적어나갔다. 조금 넉넉하게 계산했다. 한 달 정도는 문제없도록. 거래처에 일일이 전화해서 주문을 마치고, 가게의 바닥을 쓸고 닦았다. 손님들이 사용한 나무 트레이를 마른행주로 닦고, 개수대에 따듯한 물을 받아 세제를 조금 풀었다. 스테인리스 집게를 비롯한 설거짓거리를 물에 천천히 불린 뒤 설거지를 마쳤다. LED 슈트를 잘 접어 카운터 아래에 넣고, 몸을 굽혀 반쯤 내린 셔터 아래로 빠져나갔다. 자물쇠를 잠갔다. 그리고 두 번 다시 가게로 돌아가지 않았다.

가게를 그만둔 지 일주일 만에 처음 한 일은 산해 씨의 전화번호를 누르는 거였다. 그것도 힘을 짜내서 겨우 해냈다. 그때까지 집에서 한 발자국도 나오지 않고 물에 대해서만 생각했다. 물 없는 세상에 대한 악몽에 시달리는 것 말고는 내가 할 수 있는 게 없었다. '물은 답을 알고 있다'는 말의 의미도 새삼 다르게 느껴졌다. 물에 예쁜 말을 하고서 얼리면 얼음 결정이 예뻐지고, 못된 말을 하면 결정도 이상하게 변하는 게⋯⋯ 과학적으로도 증명되지 않았나? 현미경으로 봤으니까 과학 맞을걸?

산해 씨는 전화를 받지 않았다. 대신 문자 한 통이 왔다. 미국에 있다고 했다. 한국에 돌아가는 대로 연락을 주겠다는 내용이었다.

미국에 갔구나. 산해 씨가.

어찌 됐든 잘된 일이었다. 마곡에 가는 것보다는 나은 일일 테니까. 마곡역 근처에 뭐가 있더라. 자주 가던 곱창집이 있었는데, 거기도 물이 없으면 장사를 할 수 없게 될 거다. 다른 많은 가게와 마찬가지로 물은 SELF였다. 수저도 셀프고, 옷을 정리하는 일도 셀프고, 그날 시킬 메뉴를 결정하는 일도 셀프인데 어째서 '물은 셀프'라고 특별히 강조해 놓는 걸까. 그것은 우리가 물과 맺은 일종의 약속이라고 생각한다. 다른 것은 몰라도 물만큼은 스스로 해내자는 인류의 결의였다. 물이 사라지면 순수한 의지도 함께 자취를 감추고 말 것이다. 이제 누구도 무엇 하나 셀프로 해낼 엄두를 내지 못한 채 세상이 무너져 내릴 것이다.

회장이 매일같이 집 앞으로 찾아왔다.

"부회장. 얼른 문 좀 열어봐. 나랑 얘기 좀 하자니까."

나는 골목 쪽으로 난 창을 빠끔히 열고 대답했다.

"저 부씨 아니에요. 돌아가세요."

"알지 자네 최씨인 거. 최 부회장. 뭐가 마음에 안 드는 거야? 나 가게도 닫아놓고 왔어. 오늘 자네가 나 안 만나주면 여기서 혀 깨물고 콱 죽어버릴라니까. 산해가 문제여? 다시 불러오면 되잖어. 부회장 직책이 맘에 안 들어? 이제 자네가 회장 해. 나는 명예 회장이면 충분해. 내가 뭘 잘못했는지 몰라도 미안하네."

"산해 씨 갔어요."

"갔어? 어디를?"

"미국요. 로런스 리버모어 국립 연구소로 초청돼서 갔어요. 거기서 핵융합 연구에 참여하게 됐대요. 레이저 조사기 192개가 하던 일을 산해 씨 혼자서 해내고 있어요. 훨씬 강한 용량과 안정성으로요. 그런 산해 씨를 회장님이 쫓아낸 거예요. ESFP라는 이유로요."

"지금 여기서 MBTI가 왜 나와. 그게 뭐가 중요하다고."

"중요하죠. 제 MBTI가 뭔지 아세요? ISFJ예요. 회장님하고 저는 어차피 상극이란 거죠. 사장님 언제 한 번이라도 재료 주문 신경이나 써본 적 있어요? 청소 한 번 도와서 한 적 있냐고요. 그게 회장이라서 그런 게 아닌 거 이제 알아요. 회장님이 보기에는 산해 씨가 그렇게 밝은 게 눈엣가시처럼 여겨졌겠죠. 자기가 받아야 할 주목을 다 가져가 버리니까. 자기가 해야 할 말을 다 가로챈다고 생각했을 테니까."

"최주학이. 니 지금 무슨 소리 하는 것이여?"

"왜요. 속마음을 들킨 것 같아서 당황했어요? 이젠 저도 알아요. MBTI보다 설명력 높은 이론은 존재하지 않는다는 거. 그래서 세상에 물이란 물은 전부 다 바짝 말라버릴 것도 알고요."

"내 레시피, 전부 넘길게."

"빵이라면 저도 만들 줄 알아요."

말은 그렇게 하면서도 마음이 조금 움직였다. 어쩌면, 힘을 내봐야 할 이유가 생길지도 모른다. 물의 마음으로 다시 한 번 SELF, 전부 다 메말라도 내가 할 수 있는 마지막 반죽을.

"금고 안에는 처음부터 아무것도 없었어. 전부 내 머릿속에 있다고. 내일 가게로 나오게. 걸음마부터 다시 배워야 할 테니까."

회장은 그렇게 말하고 대문 앞을 떠났다.

다음 날 아침 일찍 일어나 정말 오랜만에 몸을 씻었다. 되도록 최소한의 물을 사용하려고 노력하며, 구석구석 닿지 않은 곳이 없도록 꼼꼼히 닦았다. 문을 나설 때 알 수 있었다. 어제와는 다른 내가 되어 있다는 걸. 찬장에서 꺼내 신은 새 운동화의 끈이 풀려 무릎을 꿇고 앉아 다시 묶었다. 나를 비추던 햇빛이 갑자기 어두워졌다. 고개를 들었다. 검은 정장을 입은 두 사람이 빛을 가로막고 서 있었다.

"Mr. Choi?"

"예? 예에. 예?"

"We are from US government."

"예에. 암 프롬 분당."

"최주학 씨, 저희는 미 국무부에서 나왔습니다. 오산해 씨 관련해서 드릴 말씀이 있어 왔습니다."

"산해 씨요?"

나는 영문도 모른 채 그들의 차 뒷자리로 안내받았다. 어지간해서는 남들 눈에 띄지 않을 은색 아반떼였다. 앞에 앉은 두 사람은 말없이 차를 몰았다. 풍경이 바뀌며 간선도로로 접어들었고, 서울공항의 정문을 아무런 제지도 받지 않고 통과했다. 군용기로 보이는 비행기 앞에 차가 멈춰 섰다. 그제야 두 사람은 나를 돌아봤다. 그들이 건넨 직사각형의 종이를 받아 들었다. 두산베어스 홈경기, 6시 30분에 시작하는 삼성과의 페넌트레이스 티켓이었다. 날짜가 한참 지난.

뭔데 씨발. 나 엘지 팬인데.

"산해 씨에게 생긴 일에 관해서입니다. 보안을 지켜주신다는 전제로 말씀드리겠습니다."

"예? 아…… 말할 데도 없어요. 산해 씨에게 무슨 일이 있나요?"

"어제 오키나와 미군 기지에서 진행된 뉴클리어 퓨전 테스트 도중 오산해 씨의 육체가 소실됐습니다. 우리 연구진이 계산한 범위 이상으로 밝아지면서 통제할 수 없는 상황이 됐죠. 육체적으로는 흩어졌지만, 우리는 오산해 씨가 양자 형태로 사일로 안에 존재하고 있다고 믿습니다."

무슨 말이라도 꺼내보려 했지만 입이 떨어지지 않았다. 산해 씨가, 흩어졌다. 흩어졌다는 것은 무슨 의미인가? 존재한다는 것은 살아 있는 것과 다른가? 믿음으로 지탱할 수 있는 삶이 있는가?

"오산해 씨가 남겨둔 소지품은 이게 전부입니다. 당신 이름으로 발권된 티켓과 당신이 적어 준 쪽지. 우리는 여전히 믿고 있습니다. 아직까지 오산해 씨를 완전히 망실하지는 않았다고요. 그리고 기대하고 있습니다. 어쩌면 당신이 오산해 씨를 복구할 키가 될 수 있습니다."

"You're our only hope."

"현재 사일로 내부의 양자 압력이 지속적으로 높아지고 있습니다. 대폭발까지 그리 오랜 시간이 남지 않았다고 보고 있습니다. 임박했습니다. 미안한 말이지만, 우리의 기술은 더 이상 책임질 수 없습니다. 지구 전체가 흔적도 없이 사라질 수 있습니다. 당신이 마지막 희망입니다."

그가 심각한 표정으로 내게 종이 하나를 건네줬다. 마지막 급여와 함께 산해 씨에게 준 쪽지였다. 너무 빛나지 말아요. 힘들잖아요. 너무 환하지 말아요. 우리 견딜 수 있는 만큼만 밝아요. 내 글씨 위에 물이 닿은 듯 번진 자국이 남아 있었다.

"Would you come with us?"

"저희와 함께 가주시겠습니까?"

대답을 할 수 없었다. 목에서 올라온 흐느낌이 입을 막았다. 둑이 터지듯 눈물이 쏟아졌다. 멈출 수가 없었다. 언제부터 내 안에 그렇게 많은 물이 있었는지 놀라울 만큼. 갓 태어난 인간처럼 엉엉 울었다. 두 사람은 내게 시간을 주려는 듯 차 밖으로 나갔다. 한 평도 안 되는 공간에서 몸을 웅크린 채 떨며 계속 울었다.

MBTI를 믿는 건 세상이 잘못되는 것과 관계없었다. 문제는 나였다. 내가 용기를 냈다면 산해 씨를 보내지 않을 수 있었다. 회장의 바짓가랑이를 붙들고 사정할 수도 있었고, 산해 씨와 함께 때려치우겠다고 협박할 수도 있었다. 아니, 정말로 때려치우면 그만이었다. 산해 씨와 둘이서 작은 가게라도 냈으면 이런 일은 생기지 않았을 것이다. 나는 그냥 비겁했다. 나를 위해 재채기를 해준 산해 씨에 비하면 반의반도 되지 못하는 인간이었다. 용기도 의지도 없는 내가 할 수 있는 일이라고는 이렇게 눈물을 쏟아내는 것밖에 없었다.

시트가 다 젖고, 차 바닥에 물이 찰랑거렸다. 그때 나는 깨달았다. 내게 남은 물이 완전히 사라질 것이다. 이 울음은 결코 그치지 않을 것이다. 뺨이 파삭하게 쪼그라드는 걸 느꼈다. 가슴에 뚫려 있던 커다란 구멍에서 쉼 없이 슬픔이 흘러나오고 있었다.

그때 갑자기 창밖이 환해졌고, 나는 힘겹게 허리를 폈다. 눈을 뜰 수 없을 만큼 풍경이 밝았다. 그들이 말한 대폭발이 시작된 걸 직감했다. 바다를 건너온 뜨거운 열기가 활주로의 아스팔트를 깨부쉈고, 차가 미친 듯이 흔들렸다. 격납고, 비행기, 정장을 입은 두 사람이 차례로 재가 되어 흩어지는 것이 슬로모션처럼 인식됐다. 그리고 들었다. 산해 씨의 목소리를. 그건 내가 이 세상에서 들은 마지막 음성이었다.

울지 마세요 점장님. 여기서 울지 마세요.

S

때때로 누군가의 밝음에 빚지고 산다는 기분이 들 때가 있다. 그에게 가장 자연스러운 상태가 밝음이라서 그렇다면 다행이겠지만. 근데 그걸 어떻게 알아? 자기도 자기 마음 잘 모르는데.

MBTI가 유행한 뒤로 모종의 사회적 압박을 느낀다. 그런 기대를 내면화해서 스스로를 다그치는 경우도 있다. 넌 **ESFP**가 왜 그렇게 조용해?라든가. 난 **ESFP**니까 밝은 모습을 보여야지!라든가. 산해 씨는 스스로 밝은 사람이 맞지만 누구에게도 그것을 착취할 권리는 없다. 만국의 **ESFP**여 단결하라! 하는 마음으로 썼다. 만국의 **ESFP**여 침착해라! 하는 마음도 담아서.

작품 속 회장은 〈신년하례〉의 왕 회장이 맞다. 공장을 정리하고 작은 빵집을 차렸다. 그가 언급한 벼룩시장 편집장은

〈우리가 당신을 찾아갈 것이다〉의 김민희 씨가 아니다. 작품 속 시기는 민희 씨가 도미한 이후다. 〈인생은 그라운드〉 이후 프로야구는 어찌저찌해서 다시 열리게 됐다. 다행이라고 생각한다. 그들의 세계는 연관돼 있지만 단일한 지평 위에 있진 않다. 우리가 서로에게 그러하듯이.(instagram.com/__ttprq)

김홍 **소설집 《우리가 당신을 찾아갈 것이다》, 장편소설 《스모킹 오레오》, 《엉엉》이 있다.**

ENFJ

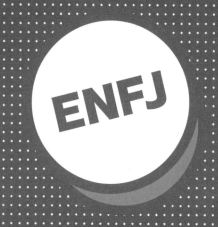

위수정

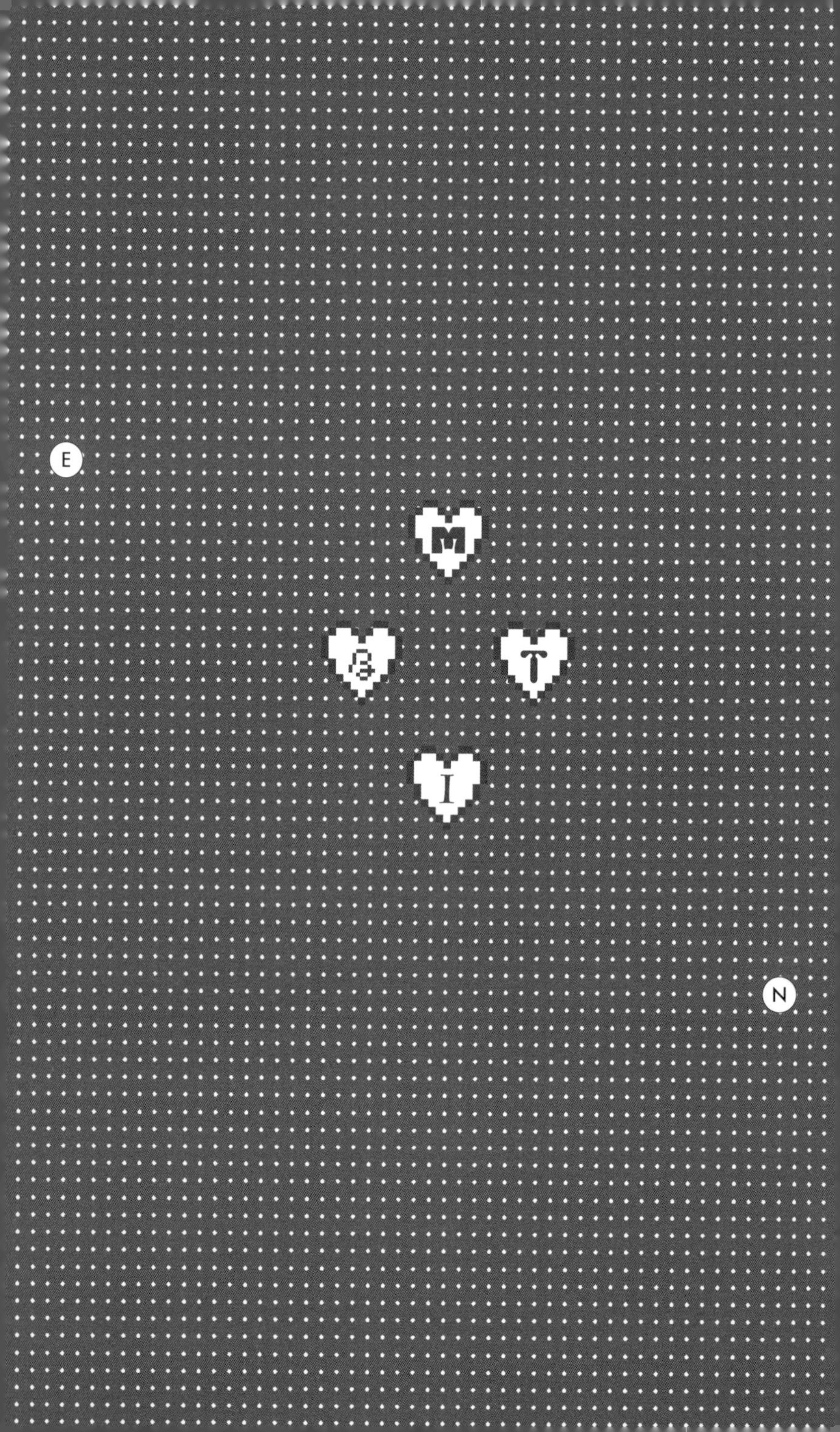
E
M
&
T
I
N

9

F

혜신과 동재 부부는 매년 그러하듯 친한 부부들과 함께 휴가 계획을 세웠다. 그들은 동재의 대학 동기들로, 비슷한 시기에 결혼을 했고 아이들도 같은 또래여서 함께 휴가를 다녔다. 작년에는 누군가가 스키장에 가자고 제안했다. 회사 콘도 이용권을 쓸 수 있다고 했다. 12월이 되어 세 가족은 개장한 지 몇 년 안 된, 한국에서 가장 긴 슬로프를 자랑한다는 리조트로 향했다.

리조트가 있다는 도시에 들어섰을 때 혜신의 눈에 가장 먼저 들어온 것은 해가 지기 전임에도 조명을 밝힌 채 번쩍이며 늘어선 전당포 간판들이었다. 화려한 간판과 달리 건물들은 허름했다. 간간이 편의점과 모텔도 보였지만 인적은 드물었다. 인공적인 불빛들만 억지로 빛을 내고 있는 폐허를 달리고 있는 것 같았다. 혜신이 알던 세상과는 동떨어진, 낯선 장소로 진입한 느낌이었다. 불길했다. 여기가 맞아? 맞는다는 걸 알면서도 혜신은 동재에게 재차 물었다.

리조트 입구를 지나자 곧 또 다른 세상이 펼쳐졌다. 잘 가꾼 나무들과 매끄러운 도로, 단정한 표지판이 혜신을 안심시켰다. 차는 부드럽게 오르막을 올랐다. 입구에서도 한참을 들어가서야 위압적인 크기의 호텔과 화려한 정원이 보였고 표지판을 따라 좀 더 달리자 현대적인 디자인의 고급스러운 콘도 건물이 눈에 들어왔다. 그 뒤로 커다란 설산처럼 보이는 스키장이 우뚝 서 있었다. 주차장은 거의 만석이었다. 스키복을 입은 사람들은 들뜬 얼굴로 몰려다녔고 말끔하게 유니폼을 입은 직원들이 안내를 도왔다. 일곱 살이었던 딸 민아는 환호성을 질렀고 그런 딸을 보며 부부는 웃었다. 혜신은 그제야 마음이 놓였다. 정말 딴 세상이네.

짐을 풀어놓고 스키장에 갈 준비를 하며 사람들은 이곳에 오자고 제안했던 누군가에게 칭찬을 아끼지 않았다. 혜신과 동재는 딸을 사이에 두고 리프트에 올랐다. 정말 크긴 엄청 크다. 눈으로 뒤덮인 새하얗고 거대한 슬로프와 점점이 보이는 사람들의 머리를 내려다보며 혜신이 말했다. 고개를 돌리면 초록색으로 빛나는 커다란 성 같은 호텔이 시야에 들어왔다. 저게 그거지? 혜신의 물음에 동재가 고개를 끄덕였다. 가 볼까? 혜신의 제안에 동재는 싱긋 웃으며 답했다. 이따, 밤에.

악마의 성. 어떤 이들은 그렇게 불렀다. 사실 그곳은 특급 호텔이었는데 그보다 내국인 전용 카지노로 유명했다. 혜신도 뉴스에서 몇 번인가 본 기억이 있었다. 겨울 해는 금방 졌고 콘도로 돌아온 멤버들은 함께 식사를 준비했다. 비슷한 나이의 아이들은 몰려다니며 노는 데 정신이 팔려 있었다. 내가 애들 재울게요. 놀다 와요. 혜신이 말했다. 내가 같이 있을게. 동재의 말에 누군가의 아내가 말했다. 아뇨, 제가 있을게요. 쉬고 싶어서. 결국 동재를 포함한 나머지 사람들은 잠깐 구경만 하고 오겠다며 집을 나섰다. 내일은 제가 남을게요. 누군가가 말했다. 혜신은 상관없다는 듯 고개를 저으며 웃어주었다. 많이 따 오세요. 파이팅!

아이들을 재우고 혜신과 여자는 맥주를 앞에 두고 담소를 나누었다. 종종 곁눈으로 시계를 보던 여자가 입을 열었다. 남편이 고민이라고 했다. 내기, 게임, 주식 같은 것을 너무 좋아한다고. 혜신이 웃음을 섞어 말했다. 자기야, 다들 그래. 과하지만 않으면 되지 뭐.

그래요? 동재 씨도?

그럼요.

혜신은 미소 띤 얼굴로 거짓말을 했다. 사실 동재는 그렇지 않았다. 혜신은 동재의 계획적인 면을 좋아했다. 준비가 몸에 밴 사람이었고 웬만해선 허둥대는 일이 없었다. 그리고 자신이 컨트롤할 수 없는 일은 하지도 믿지도 않았다. 그런 점이 간혹 갑갑할 때도 있었지만 그래서 좋기도 했다. 안정감이 있었고 믿음직스러웠다. 혜신과 비슷한 습관이 많았지만 혜신과 달리 동재는 사람들과 어울리는 것을 좋아하지 않았다. 이 모임을 그나마 가장 편안해했다.

자정이 훌쩍 넘어 돌아온 넷은 각기 다른 표정이었다. 혜 E 신은 볼이 상기된 동재를 보았다. 거기는 갈 곳이 못 돼. 누군가가 투덜댔다. 듣던 대로 그냥 소굴이야. 난리도 아니야. 그래도 난 재밌던데? 저 12만 원 땄어요. 누군가의 자랑에 혜신은 환호와 함께 손뼉을 쳐주었다. 근데 동재가 대박이지. 모두의 시선이 동재에게로 향했다. 50만 원 넘게 땄어. 맞지? 아주 타짜야, 타짜.

내일 저녁은 내가 쏜다! 평소와 달리 동재가 들뜬 목소리로 외쳤다. 혜신은 동재의 손을 잡고 팔짝팔짝 뛰었다. 자기 최고다. 누군가는 이마를 찌푸리고 피곤하다며 방으로 들어갔다.

잠든 딸의 고른 숨소리를 들으며 혜신과 동재는 마주 보고 누웠다. 고요하고 청량한 공기가 방 안에 감돌았다. 재 N 밌었어? 혜신이 묻자 동재는 카지노에서 있었던 일을 조곤조곤 들려주었다. 그런데 해외 카지노 분위기랑은 좀 달라. 뭐랄까…… 칙칙하고 살벌해. 뭔가 웃기고. 내일 같이 가볼래? 혜신은 고개를 끄덕였다. 궁금해. 근데, 당신은 무슨 게임 한 거야?

혜신아, 9가 이기는 게임이 뭔지 알아?

F

혜신은 이해할 수 없었다. 딜러가 테이블 위의 빨간색으로 '플레이어'라고 쓰인 쪽에 카드 2장, 노란색의 '뱅커'라고 쓰인 쪽에 카드 2장을 엎어놓는다. 각각의 카드 2장을 차례로 넘기자 한쪽에는 에이스와 킹, 다른 쪽에는 에이스와 9가 나온다. 어떤 이들은 찡그리고 어떤 이들은 웃는다. 아주 가끔은 플레이어 카드의 합과 뱅커 카드의 합이 같은 숫자로 나오기도 한다. 타이. '타이'에 베팅한 사람은 하나의 칩으로 9개를 가져간다. 그리고 이 경우 플레이어나 뱅커에 베팅한 사람들은 각자의 칩을 도로 가져간다. 혜신은 매혹되었다. 바로 눈앞에 있어도 알 수 없는 카드의 내용에. 카드가 젖혀지기를 기다리는 그 짧은 순간에. 누구나 손을 뻗으면 쉽게 닿을 수 있는, 저 테이블 위가 아니면 쓰레기에 불과한 직사각형의 작은 플라스틱 조각의 뒷면에 적힌 숫자에 사람들은 무서울 정도로 진심이었다. 단순한 게임의 규칙을 사람들은 잘 지켰다. 누군가가 돌발 행동을 하면 합세해서 도끼눈을 뜨고 화를 냈다. 카지노에는 곳곳에 검은 양복을 입은 사람들이 서 있었다. 한낱 놀이에 불과한 그것 때문에 사람들은 끊임없이 돈을 칩으로 바꾸었다. ATM 기계 앞에 길게 줄을 섰다. 충혈된 눈을 하

J

고도 쉽게 자리를 뜨지 못했다. 낯선 분위기에 위축되어 동재의 팔짱을 끼고 움츠렸던 혜신도 어느새 카드를 보느라 정신이 팔렸다. 두 카드의 합이 8이나 9가 나오면 딜러는 '내추럴'을 외쳤고 사람들 사이로 탄성과 한숨이 교차되었다. 플레이어 또는 뱅커 둘 중의 하나라도, 2장의 합이 8 또는 9가 되면 E 이를 '내추럴'이라 부르며, 양쪽 모두 추가로 카드를 받지 못한다. 즉, 이 상태에서 바로 해당 라운드가 종료된다. 양쪽 모두 2장만으로 계산하여, 더 높은 쪽이 승리한다. 단순한 게임의 법칙이었다. 9에 가까운 수가 나올수록 짜릿해졌다.

혜신은 동재와 한 시간가량 바카라 테이블에서 게임을 지켜보았고 함께 베팅을 해보기도 했다. 1000원짜리 칩으로 신중하게 베팅을 한 후 카드가 넘어가는 것을 보았을 때, 혜신은 짧게 환호성을 질렀다. 사람들이 쳐다보았고 혜신은 금방 손으로 입을 가렸다. 몇몇 사람들은 웃어주었다. 1000원을 걸고 1000원을 더 받았다. 칩이 2개가 되었다. 혜신은 그날 자신의 마음을 사로잡았던 그것이 무엇인지 되물었다. 돈 때문이었을까. 정말로, 돈 때문에? N

그렇게 쉽게 돈을 벌고 또 잃을 수 있다는 사실이 신기했지만, 온전히 돈 때문만은 아니었다. 혜신도 그 점을 알고 있었고 동재는 그게 바로 문제라고 했다. 동재는 자신을 탓했다가 나중에는 그곳으로 여행을 가자고 한 친구를 탓했다가 혜신을 탓했다가 또다시 자신을 탓했다. 그러면서 혜신은 동재의 새로운 면모를 보았다. 동재의 입에서는 들을 수 없으리라 생각했던 말들이 혜신을 향해 쏟아졌고, 저런 식으로 울 수도 있는 사람이라는 사실도 처음 알았다. 그런데, 그런 것들이 혜신을 예리하게 긁고 지나갔으나 이상하게도, 너무나 이상하게도 돌아서면 그뿐이었다. 테이블 앞에 앉고 싶었다. 카드가 펼쳐지는 장면을 보고 싶었다. 자신이 컨트롤할 수 없다는 것을 잘 알면서도 시험해 보고 싶었다. 이기고 싶었다. 노력과는 무관한 운에 혜신은 완전히 매혹당했다. 그래서 다시 카지노에 갔다. 고등학교 동창들을 데리고 갔다. 대학 절친과도 함께 갔다. 나중에는 친구들이 거슬렸다. 그래서 혼자 다니기 시작했다. 처음 홀로 카지노에 발을 들인 날에는 바카라 테이블 앞에서 여덟 시간 넘게 있었다. 40분 정도의 게임이 끝난 후 셔플 타임에 혜신은 화장실에 가서 거울을 보았다. 화장은 지워져 있었고 눈 밑은 거뭇했다. 이게 나인가? 이게 나……라니.

휴대폰을 확인하니 동재로부터 부재중 전화가 여러 통 와 있었다. 동재는 혜신이 이혼 위기를 맞은 절친의 집에서 자고 가는 걸로 알고 있었다. 혜신은 전화를 거는 대신 문자를 보냈다. 미안. 얘가 너무 심각해서 전화 온 줄도 몰랐어. 민아는? 무슨 일 있으면 톡 남겨. 동재는, 아니라고, 민아 잔다고,

얘기 잘 들어주고 내일 조심히 오라는 답을 했다. 그날 새벽까지 혜신은 게임을 했다. 밥도 먹지 않았다. 돌아갈 시간이 되어 칩을 바꾸기 위해 줄을 섰다. 잠시 후 100만 원이 넘는 지폐가 혜신에게 건네졌다. 하지만 혜신은, 좀 전에 이것보다 두 배는 땄었는데, 내가 왜 그때 그쪽으로 걸었을까, 좀 쉬고 마인드 컨트롤을 했어야 했는데 등등의 생각에만 골몰했다. 돈을 가방에 넣고 돌아서자 남자가 보였다. 바카라 테이블에서 혜신에게 나지막이 이제 그만 집에 가라고 언질을 주었던 남자였다. 초심자의 행운이 무서운 거라며 이제 그만 가라고. 일행은 있냐고. 혜신은 웃으며, 저는 그런 사람 아니에요, 남편이랑 놀러 온 거예요, 했지만 남자에게 신경이 간 뒤로 게임에 집중하기 어려웠다. 남자의 입에서 무언가 썩는 냄새가 났다. 계속하면 결국 잃는다니까. 이제 그만하고 얼른 가요. 그리고 다시는 오지 말아요. 나중엔 가고 싶어도 못 가. 남자의 계속되는 조언에 혜신은 더 이상 답하지 않았다.

혜신과 남자의 눈이 마주쳤고 혜신은 왠지 미안한 마음이 들어 먼저 고개를 숙이고 인사했다. 말을 걸러 다가서자 남자는 고개를 돌려버렸다. 머쓱해진 혜신은 홀로 얼굴을 붉힌 채 출구로 향했다.

출구와 가까운 곳에서 커다란 음악 소리와 함께 환호성이 터졌다. 혜신은 걸음을 멈추고 그곳을 바라보았다. 사람들이 둥그렇게 모여 있었다. 그 사이로 슬롯머신 앞에서 젊은 남녀가 서로 껴안으며 소리를 지르는 모습이 보였다. 내가 저기 500은 넣었는데. 일 끝나자마자 온 건데. 혜신은 옆에 서 있는 허름한 차림의 남자가 씁쓸한 듯 웃으며 혼잣말하는 것을 들었다. 꼭 저렇게 놀러 온 애들이 1, 2만 원 넣고 다 가져간다니까. 꼭 저래. 머리가 하얀 노파도 뒷짐을 지고 한마디 했다. 직원이 와서 슬롯머신을 확인하고 기계에서 현금 교환권을 뽑아 주었다. 커플은 신난 걸음으로 팔짱을 낀 채 어디론가 향했다. 그거 가지고 이제 여기 오지 마. 누군가 커플을 향해 말했다. 왜 사람들은 자꾸 오지 말라고 하는 걸까. 저렇게 재미있어 하는데. 행운을 나누기 싫어서인가. 불행을 걱정하는 것일까. 누군가를 걱정하기엔 모두 너무 지쳐 보였다.

혜신은 매일을 기록했다. 그것은 오래된 습관이었는데 카지노 근처에서 생활하게 되면서도 메모는 잊지 않았다. 생활이 달라졌으니 내용 역시 바뀌었다. 날짜, 날씨, 오늘 잃은 돈, 딴 돈, 갚을 돈, 카지노 출입 시간, 테이블 넘버. 노트는 벌써 두 권을 꽉 채우고 세 권째였다. 이 노트를 다 쓰기 전에 집으로 돌아간다. 혜신은 첫 번째, 두 번째 노트를 쓸 때 계획했던 일을 세 번째 노트를 쓰면서도 또다시 계획했다. 계획이 이렇게 어긋난 적이 있었던가. 없었지. 혜신은 괴로웠다. 그러나 계획과 노력이 혜신을 완전히 배신한 적은 없었다는 사실을 매번 상기했다. 지금까지 그래 왔다. 그러니 이번에도 꼭 그렇게 만들 것이다. 혜신은 오늘 날짜를 펜으로 꾹꾹 눌러 적으며 마음속으로 되뇌었다. 이미 늦은 건 아닐까, 하는 불안감이 스멀스멀 올라오면 혜신은 카지노에서 알게 된 사람들을 만났다. 같이 농담을 하고 웃었다. 사람들은 술을 마시면 가족 이야기를 했다. 그럴 때면 동질감 같은 것이 생겨 위안이 되었다. 그러나 카지노에 들어가면 모두 냉정해졌다. 다른 사람들이 되었다. 칩 몇 개에 적이 될 수도 있었다.

어느새 혜신은 관광객을 단번에 알아보는 '이쪽' 사람이 되어 있었다. 귀찮은 사람들이 또 왔군. 빨리 꺼져주길 바랐다. 그들의 얼굴은 상기되어 있었고 쉽게 소리를 질러댔다. 이쪽 사람들을 혐오 섞인 눈빛으로 바라보았다. 그들은 돌아서며 중독자라든가 도박꾼들이라고 일부러 들리게 말했지만 사람들은 개의치 않아 했다. 들었으나 못 들은 척하는 일에 익숙했다. 혜신은 그들을 보며 부러움을 느꼈다. 불과 반년 전엔 나도 저랬는데. 동재와 행복했는데. 가벼웠는데. 이런 종류의 무게는 모르고 살았는데. 지금은 삶이, 하루하루가 너무 무거웠다. 무겁고 녹슨 쇠뭉치가 몸 안에 차곡차곡 쌓이는 느낌이었다. 내장과 뇌가, 피부가 조금씩 소진되어 마모되는 기분이었다. 새치가 늘었고 눈도 쉽게 피로해졌다. 그런 말은 기록하지 않았다. 기억할 필요가 없는 말이었다. 잊고 싶은 마음이라서 시간이 지나도 이 시간들을 자세히 기억하고 싶지 않았다. 웃어넘기고 싶었다. 혜신은 이 시간들을 추억으로 남기기 위해 최선을 다하고 있는 거라고 스스로를 납득시켰다.

소라를 처음 만난 날을 기억했다. 단정한 차림의, 많아야 서른쯤으로 보이는 젊은 여자가 테이블 중앙 의자에 조용히 자리를 차지하고 있었다. 그녀는 차분하게 조금씩 베팅했다. 사람들은 흘끔거리며 그녀를 보았지만 얼른 집에 가라거나, 대놓고 싫은 표정을 짓지는 않았다. 여자는 관광객 같지 않았다. 그녀는 포커페이스를 유지한 채 누구와도 말을 섞지 않았다. 혜신도 그녀를 훔쳐보았다. 게임 중간에는 서로 눈이 마주치기도 했다. 서로 다른 쪽에 걸었을 때에는 하나는 졌고 하나는 이겼다. 또 시선이 부딪쳤다. 그러다 언젠가부터는 하나가 먼저 베팅을 하면 하나가 같은 쪽에 따라 걸었다. 여자는 따도, 잃어도 표정의 변화가 없었다.

셔플 타임이 왔고 혜신은 화장실 안에서 누군가와 통화 중인 그녀를 보았다. 혜신은 가방 안에서 파우치를 꺼내 거울 앞에 섰다. 여자가 다가와 말을 걸었다. 죄송한데, 저 부탁 좀 드려도 될까요? 여자의 표정은 아까와 크게 다르지 않았지만 말투에는 간절함이 배어 있었다.

혜신은 여자의 부탁을 들은 후 그녀가 내미는 전화를 받아 들었다. 네, 어머님, 안녕하세요. 저 소라 담당 교수입니다. 소라 세미나 온 거 맞고요, 제가 잘 데리고 있습니다. 혜신은 그녀가 부탁한 대로 교수 흉내를 냈다. 소라는 대학원생인데 세미나에 참석한다고 부모님을 속이고 이곳에 왔다고 했다. 그런데 엄마가 자꾸 의심을 해서요. 소라는 단발머리를 귀 뒤로 넘기며 담담하게 말했다. 여기에 자주 와요? 혜신이 물었다. 자주는 아니고, 그냥 좋아해요. 애인이 마카오에 있을 때는 거기 가끔 갔는데. 소라는 더 이상 말을 잇지 않았다. 혜신은 소라가 고맙다는 인사를 하지 않았다는 것과, 자신이 그녀의 엄마에게 천연덕스럽게 거짓말하고도 죄책감을 느끼지 않았다는 것을 그때는 깨닫지 못했다. 혜신은 가방 안에서 초콜릿을 하나 꺼내 그녀에게 건넸다. 혜신은 둘 사이에 친밀감이 생겼다고 여겼다. 그러나 테이블에서 소라는 언제 그런 일이 있었냐는 듯 전과 같이 포커페이스로 앉아 있을 뿐이었다.

소라와 함께 밥을 먹은 것은 몇 주 뒤에 다시 우연히 바카라 테이블에서 마주친 어느 저녁이었다. 혜신이 반가운 마음에 먼저 인사했지만 소라는 혜신을 알아보지 못했다. 저 그때 화장실에서, 전화, 세미나. 당황한 혜신이 띄엄띄엄 단어를 늘어놓았다. 낯설게 바라보는 그녀의 눈빛에 소라는 귓불이 달아올랐다. 소라는 한참 뒤에야 아, 네, 하면서 눈인사를 했다.

제가 낯을 좀 가려서요. 호텔 한식당에 마주 앉아 소라가 눈을 내리깔며 말했다. 그날은 감사했어요. 혜신은 손을 저으며 아니라고, 어서 밥이나 먹자고 했다. 내가 살게요. 혜신의 말에 메뉴를 훑어보던 소라가 미소 지었다. 감사합니다. 그 순간 혜신은 그녀의 내면을 보았다고 생각했다. 혜신은 자신도 모르게 따라 웃었다. 한층 가까워진 느낌이었다. 혜신은 소라가 마음에 들었다. 포커페이스를 유지하는 냉정함과 필요한 말만 하는 차분함이 좋았다. 그리고 무엇보다 '이쪽' 사람 같지 않은 점. 단발머리에 무채색 옷, 화장기 없는 흰 피부는 우아해 보였다. 은은한 향기가 날 것 같은 사람. 게임 테이블에 몇 시간 앉아 있어도 흐트러짐이 없었다. 베팅액은 언제나 일정했고 흥분하지도 않았다. 소라와 함께 식사하면서 혜신은 편안함과 불편함을 동시에 느꼈다. 소라는 혜신보다 열 살이 어렸으나 어딘지 어른스러웠다. 혜신은 다른 때보다 더 많이 말하고 더 많이 웃었다. 게임 이야기는 되도록 피했다. 소라와는 일상적인 대화를 나누고 싶었다. 이쪽 사람처럼 보이고 싶지 않았다. 혜신의 말을 주로 듣고만 있던 소라가 식사가 끝날 즈음 입을 열었다. 저 당분간 집에 안 가려고요. 그런데, 선생님은 이 근처에 사세요? 선생님, 이라는 호칭에 혜신은 당황했다. 저, 선생님 아닌데. 그냥 언니라고 불러요. 그날 소라와 헤어진 후 혜신은 새로운 에너지가 몸 안에서 피어오르는 것을 느꼈다. 혜신은 그날 일기에 한 줄을 추가했다. 친구가 생겼다. 마침표를 물음표로 바꾸었다. 친구가 생겼다? 그 문장을 한참 보고 있다가 혜신은 자신이 미소 짓고 있다는 것을 뒤늦게 알았다. 그 짧은 순간, 혜신에게 불안과 우울은 없었다.

혜신은 주변의 저렴한 여관에 장기 투숙 중이었다. 며칠 뒤 소라가 같은 층으로 들어왔다. 카지노에 빠진 사람들은 처음에 호텔이나 모텔에서 지낸다. 그러다 점점 변두리의 여관으로, 쪽방으로, 찜질방으로 물러난다. 대부분이 같은 수순을 밟는다. 부자들도 마찬가지였다. 소유한 건물이 서울에만 몇십 채가 된다는 남자는 건물 하나만 남겨놓고 모든 건물을 잃었는데, 그마저도 저당 잡히려는 것을 가족들이 난투극을 벌이듯 강제로 막아 건물 한 채는 어찌어찌 지켰다는 말을 들었다. 가족에게 버림받고 빚만 쌓여 자살한 사람들 이야기는 흔했다. 죽는 사람이 한 달에 한 명은 나온다고 사람들은 수군거렸다. 다양한 스토리가 있었으나 기승전결은 유사했다. 해피엔딩은 없었다. 혜신은 사람들의 이야기에 적절한 리액션을 취해주었다. 그런 건 혜신에게 쉬운 일이었다. 이야기를 들어주고 웃어주고 안타까워해 주는 것. 쉽게 공감했으나 한편으로는 자신과 무관한 이야기라 여겼다. 아니, 무관하게 만들 거

F

라 매일 밤 다짐했다. 비참한 생활을 하면서도 어떻게든 카지노에 출입하는 이들이 있었다. 판돈이 없어서 대신 자리를 잡아주거나 돈 많은 이들의 뒤치다꺼리를 하거나, 정 안되면 막노동을 뛰거나 아르바이트를 하며 찜질방에 묵는 사람들. 사람들은 집에 돌아가지 못했다. 이대로는 갈 수 없다는 생각 때문이기도 했고 이제는 돌아갈 곳이 없기 때문이기도 했다. 대부분은 자신의 전 재산과 가까운 이들의 돈까지 이곳에 묻고 미련을 떨치지 못해서 머물렀다. 어떻게든 다시 되돌리고 싶어서.

저 여자는 여섯 살짜리 딸을 아랫동네 찜질방에 며칠을 맡겨두고 여기서 저러고 있는 거야. 혜신이 턱 끝으로 누군가를 가리키며 소라에게 낮게 속삭였다. 혜신이 가리킨 곳에는 큰 소리로 베팅하며 호탕하게 웃는 여자가 있었다. 낡은 검정 코트를 걸치고 아무렇게나 머리를 묶은 여자는 붉게 달아오른 얼굴로 주위 사람들에게 친한 척하고 있었다. 사람들은 여자를 향해 비웃음을 흘리거나 호기심 어린 눈으로 흘끔댔다. 나 저 여자한테 돈 빌려준 적 있어. 그날 바로 갚겠다며 애원하길래 빌려줬는데 아직도 안 갚았지. 근데 편한 건, 그 후로 나를 모른 척한다는 거야.

얼마나 빌려줬어요?

J

오래됐어, 벌써.

받아야죠.

불쌍해. 그 어린애를 찜질방에 며칠씩이나 두고…….

혜신은 말을 하다 말았다. 머리에 떠오르는 얼굴들을 의식적으로 지우고 오늘의 목표를 떠올렸다. 오늘은 딱 네 타임에 수익은 50. 소라는 혜신의 계획이 크게 어려운 일은 아닌 것 같다고 했다. 네 타임 전에 50 따면 무조건 일어나기. 한 번에 5 이상 걸지 않기. 사람들에게 휩쓸리지 않기. 잃으면요? 혜신은 소라의 물음에 그녀를 멍하게 바라보았다. 응?

네 타임 끝났는데 잃으면요? 그래도 일어나요?

아, 그럼. 그래야지. 그러자.

그날 네 타임의 바카라가 끝났을 때 혜신은 20만 원을 땄다. 더 있고 싶었지만 소라가 옆에서 지켜보고 있었다. 자긴 더 있을 거야? 네, 전 조금 더.

그럼, 나도 같이 있을까?

소라의 입가에 조소가 스치는 것을 보았다. 그러나 자리에서 일어나지 못했다. 혜신은 소라가 거는 쪽으로 따라 걸었다. 베팅액도 최소로 했다. 두 타임이 더 지났을 때 소라는 자리에서 일어섰다. 45만 원을 땄고 혜신은 아쉬웠다. 조금만 더 하면 되는데. 소라는 담배를 피우고 오겠다며 자리를 떴고 혜신은 딜러가 셔플하는 모습을 지켜보며 앉아 있었다. 결국 한

F

타임을 더 했고 혜신은 딴 돈에서 30만 원을 잃었다. 아, 그만 했어야 했는데. 나 좀 말리지. 소라의 구형 쏘나타 조수석에 앉아 혜신이 말했다. 소라는 대답 대신 전자 담배를 한 번 빨고 연기를 내뱉었다. 연기에서 희미한 오이 향이 났다. 오늘 고기 먹고 찜질방에 갈래요? 호텔 밥도 지겹고. 제가 쏠게요. 소라의 말에 혜신은 자세를 고쳐 앉으며 대답했다. 그래. T시로 가자. 거기 한우가 유명하잖아.

T시까지는 한 시간 좀 넘게 걸렸고 소라는 음악을 틀었다. 계속 비슷한 음이 반복되는, 가사도 없는 음악이 흘렀고 혜신은 검은 도로 아래로 균일하게 비치는 가로등 불빛을 응시하다 눈을 감았다. 혜신은 잠깐 꿈을 꾸었다. 꿈에서도 혜신은 바카라 테이블 앞에 앉아 있었다. 딜러와 혜신 둘뿐이었고 사람들이 테이블 주위에 빽빽하게 모여 있었다. 혜신은 연속해서 패했고 마지막 남은 10만 원짜리 칩 하나를 뱅커에 걸었다. 딜러는 2장의 카드를 플레이어 편에, 그리고 2장의 카드를 뱅커 쪽에 나란히 엎어놓았다. 잠시 후 딜러는 플레이어 패 2장을 차례로 뒤집었다. 스페이드 나인과 하트 나인. 더하면 끝자리는 8. 혜신은 긴장했다. 사람들의 웅성이는 소리가 들렸다. 뱅커의 패에 딜러의 손이 닿는 순간 혜신은 간절해졌다. 첫 번째 카드가 뒤집혔다. 하트 8. 혜신은 침을 삼켰다. 이어서 딜러가 마지막 카드를 넘기려는 찰나, 누군가 혜신의 머리채

를 잡아당겼다. 엄마. 나, 밥! 차가 크게 덜컹였고 혜신은 놀라 잠에서 깼다. 마지막 카드가 뭐였더라. 본 거 같은데. 잠에서 깨자마자 든 생각이었다.

소라는 여전히 운전 중이었고 음악은 꺼져 있었다. 혜신은 시계를 보았다. 몇 시에 출발했더라. 왜 아직도 아까와 같은 도로 같지? 혜신은 핸들 옆에 걸려 있는 소라의 휴대폰을 보았지만 화면에는 도로만 길게 뻗어 있었다. 창밖에는 여전히 가로등만 무심하게 도로를 비추고 있었고 지나가는 차는 한 대도 보이지 않았다. 여기 어디야?

거의 다 와가요.

혜신은 다시 시계를 보았다. 카지노를 벗어난 후 긴 시간이 지난 것 같은데 아닌 것 같기도 했다. 잠 때문이라고 생각했다. 아니, 꿈 때문에……. 나 오래 잤어? 혜신의 물음에 소라는 천천히 고개를 가로저었다. 아니라는 건지 한심하다는 의미인지 알 수 없었다. 입을 보면 알 수 있을 것 같은데. 혜신은 소라의 표정을 읽으려다 포기하고 좌석에 다시 몸을 묻었다. 여기는 T시로 가는 길이 아닌 거 같아. 어디 가는 거야? 혜신이 소라를 바라보았다. 소라가 이마를 살짝 찌푸리며 천천히 말했다. 고깃집이 문을 닫아서……. 그 사장님이, 알려주신 곳으로, 가는 거예요. 혜신은 머릿속이 뿌연 안개로 자욱한 느낌이었다. 어깨가 아팠다. 맑은 공기를 마시고 싶어 창을 내렸다. 순간 차 안으로 소스라치게 찬 공기가 훅 들어왔고 혜신은 얼른 창을 올렸다. 온몸에 소름이 돋았다. 고깃집이 문을 닫았는데, 사장님은 어떻게 만났어? 혜신이 물었다. 소라는 짧게 한숨을 쉰 후 명함을 혜신에게 건넸다. 24시간 보석 찜질방. 천연 황토, 소금, 게르마늄, 수면실 및 식당 완비.

좁고 어두운 시골길을 한참 들어가자 정말로 번쩍이는 찜질방 간판이 눈에 들어왔다. 민속촌과 유사한 초가집들이 몇 채 붙어 있는 형태였는데 최근에 지어진 듯했다. 차에서 내린 혜신은 점퍼를 여미며 주위를 둘러보았다. 서리가 내려 하얗게 얼어붙은 차들이 군데군데 주차되어 있었다. 아주 오랜 시간 그 자리를 지키고 있었던 것 같았다. 이런 차들은 카지노 주차장에도 많았다. 먼지가 뽀얗게 쌓인 채 방치된 차들. 시체 같은 차들.

소라가 앞장서서 입구로 향했다. 문을 열고 실내로 들어서자 어디선가 맡아본 한약 냄새가 났다. 데스크에 앉아 있던 중년의 남자가 일어서서 인사했다. 소라가 입장료를 지불하자 남자는 주황색 옷 두 벌을 건네주었다. 탈의실에서는 사람들이 옷을 갈아입거나 수다를 떨고 있었다. 그제야 혜신은 스르르 마음이 풀렸다. 사람이 없다는 건 무서운 거구나. 혜신의 말에 소라가 웃었다. 간만에 보는 미소였다. 나 정말 아까 좀 무서웠어. 중간에 꿈을 꿨거든.

무슨 꿈이요?

생각 안 나. 근데 찜질방 정말 오랜만이네.

둘은 옷을 벗고 목욕탕으로 향했다. 혜신은 수건으로 몸을 가렸지만 소라는 아무렇지 않게 알몸으로 혜신의 앞에 섰다. 사물함 열쇠가 달린 고무줄로 머리를 묶기 위해 소라가 팔을 들었다. 겨드랑이에 검은 털이 자라 있었다. 혜신은 소라의 납작한 가슴과 그 위에 새겨진 뱀 모양의 문신을 보았다. 뜨거운 물로 샤워를 한 후 둘은 똑같은 옷을 입고 식당에 들어가 마주 보고 앉았다. 예쁘던데요. 소라가 수저를 놓으며 말했다.

뭐가?

언니 몸. 혜신은 피식 웃었다. 백반과 제육볶음을 주문한 후 둘은 말없이 식사에 집중했다. 미역국에서는 마늘 향이 너무 많이 났고 돼지고기는 좀 질겼지만 혜신은 밥을 한 공기 더 먹었다. 식사를 먼저 끝낸 소라는 턱을 괴고 혜신이 밥 먹는 모습을 지켜보며 반찬 그릇을 옮겨주거나 물을 따라주었다.

식사를 마치고 둘은 가장 처음 눈에 들어온 소금방 문을 열고 들어갔다. 뜨거운 기운이 훅 끼쳤다. 혜신은 바닥에 누웠다. 뜨끈한 열기가 피부에 닿자 자신도 모르게 눈을 감고 신음을 흘렸다. 굳었던 몸이 스르르 풀렸다. 아, 좋아.

좋아요? 벽에 기대앉은 소라가 물었다. 혜신은 고개를 돌려 소라를 바라보았다. 소라가 혜신을 내려다보고 있었다.

9

응? 응…… 자기는 안 좋아? 소라의 눈빛은 언제나 나른함과 지루함의 그 어디쯤을 응시하고 있었다. 놀라는 일이 없을 것 같았다. 나쁘지 않아요. 그런데.

그런데?

밥 먹고 바로 누우면 안 될 텐데.

둘은 잠시 뒤 찜질방 카운터로 향했다. 얼굴이 동그랗고 눈썹이 진한 여자가 주문을 받았다. 음료를 주문한 후 둘은 카운터 앞의 평상에 걸터앉았다. 얼마 지나지 않아 많아야 여덟 살 정도로 보이는 작은 여자아이가 양손에 커다란 음료 통을 들고 와 내밀었다. 혜신은 얼른 통을 손에 받아 들었다. 어머, 이걸 왜……. 혜신은 카운터 주위를 둘러보았다. 여자는 사라지고 없었다. 제가 그냥 하는 거예요. 여자아이가 아무렇지 않게 말했다. 재밌어서요. 그러나 아이의 얼굴에는 전혀 재미있는 기색이 없었다. 이쁘게 생겼네. 이름이 뭐야? 혜신이 물었다. 열두 살이에요. 여자아이는 그런 질문은 이제 지겹다는 듯 몸을 돌려 카운터 안쪽으로 사라졌다. 아이의 검고 마른 다리가 혜신의 눈을 끌었다. 자리에서 일어나 아이가 사라진 카운터 안쪽을 보았지만 아무도 없었다. 계세요? 저기요? 혜신이 목소리를 높여 사람을 불러보았으나 기척이 없었다. 소라가 혜신의 팔을 잡았다. 소라의 볼이 열기로 붉게 달아올라 있었다. 혜신도 그제야 이마를 닦았다. 옷이 땀으로 보기 흉하게 얼룩져 있었다. 반면 소라는 볼과 팔다리가 붉게 달아올랐을 뿐 땀은 거의 흘리지 않았다.

휴게실은 적당히 시원했고 커다란 텔레비전이 켜져 있었다. 대여섯 명의 사람들이 띄엄띄엄 앉아 있었다. 텔레비전에서는 20년 전쯤 방영되었던 드라마가 재방송되고 있었다. 좀 전에 그 애 말이야. 여자애. 감식초를 한 모금 마신 후 혜신이 입을 열었다. 아까 내가 말했던 그 여자 딸 아닐까? 그, 나한테 돈 빌려 갔다는. 소라는 혜신의 말을 들으며 빨대로 음료를 몇 모금 빨아 넘긴 후 손가락으로 관자놀이를 짚으며 이마를 찌푸렸다. 아, 띵해. 잠시 후 둘은 휴게실에서 나와 찜질방을 천천히 둘러보았다. 황토방에는 노인들이 많았다. 똑같은 옷을 입고 나란히 누워 있었다. 장작들 같다. 소라의 건조한 농담이 잔인하게 들렸다. 소라는 왜 나와 함께 다니는 걸까. 혜신은 문득 궁금했다. 쑥방에는 중년의 여자들이 둘러앉아 수다를 떨고 있었다. 이 외진 곳을 어떻게 알고 다들 찾아왔지? 혜신이 속삭였다. 소라가 피식 웃고는 말했다. 고깃집 단골들? 게르마늄방에는 젊은 커플 한 쌍만이 각각 휴대폰을 보며 엎드린 채 누워 있었다. 소라와 혜신이 문을 열고 안으로 들어서자 커플은 고개를 돌려 둘을 힐끗 쳐다보고는 다시 각자의 휴대폰에 집중했다. 혜신과 소라는 커플의 반대편 구석에 자리를 잡았다. 둘은 벽에 어깨를 대고 앉았다. 어깨로 단단한 돌덩이의 온기가 전해져 왔다. 혜신은 눈을 감았다. 앞으로 최대 100일. 늦어도 세 달 남짓이면 집으로 돌아간다. 업장 출입은 한 달에 20일로 제한이 있었다. 그러니 100일 중에 70일 남짓 남은 것이다. 성실하게 직장을 다니듯이 규칙을 지켜 일하면 하루에 50씩, 오칠은 삼십오. 3500. 생활비 500을 제하면 남는 돈이 빚의 50프로다. 일명 반까이. 혜신은 카지노에서 익힌 말들을 곱씹으며 헛헛한 웃음을 지었다. 그것이 최근에 정한 혜신의 마지노선이었다. 이렇게 허무하게 돈을 쏟아버리고, 탕진한 채로 가족에게 돌아갈 수는 없었다. 적어도 반은 회복해서 돌아가자. 그러면 남편과 부모님을 볼 최소한의 낯이 생긴다…… 그리고 또 딸에게도.

잠에 든 것도 완전히 깬 것도 아닌 채로 눈을 감고 있는데 어깨에 닿는 손길이 느껴졌다. 혜신은 눈을 떴다. 소라가 눈짓했다. 어느새 커플은 서로의 곁에 붙어 잠든 모습이었다. 남자의 손이 여자의 셔츠 안으로 들어가 있었다. 남자의 바지춤이 솟아오른 것을 보고 소라는 웃음을 참는 얼굴로 혜신을 보았다. 혜신은 소라의 어깨를 치고는 속삭였다. 미쳤나봐.

혜신은 일부러 문을 세게 닫고 방을 나왔다.

오늘 여기서 자고 갈래요? 소라가 수면방을 가리키며 물었다. 혜신은 잠깐 망설이다 이내 고개를 끄덕였다. 내일은 동재를 한 달 만에 만나기로 한 날이었다. 동재와는 몇 번 크게 다투었다. 집에 내려가지 않게 된 이후로 동재는 하루에도 몇 번씩 전화를 하고 찾아오기도 했다. 그러나 이제는 혜신이 안부를 물어도 몇 시간, 때로는 하루 이틀이 지난 후 간단하게 답을 할 뿐이었다. 혜신은 통장의 잔고를 떠올려보았다. 일주
E 일 전쯤 동재에게 문자를 보냈다. 딱 300만. 마지막이야.

혜신은 휴대폰을 켜서 시간을 확인했다. 동재에게는 아무런 연락도 없었다. 내일 오는 게 확실한지 물으려다 말았다. 약속은 틀림없이 지키는 사람이었다.

수면실에는 드문드문 사람들이 누워 있었다. 소라가 기둥 옆에 자리를 잡았고 둘은 나란히 베개 위에 수건을 올린 후 누웠다. 너는 집에 언제 갈 거야? 혜신이 물었다. 소라는 혜신 쪽으로 몸을 돌려 누웠다. 왜요?

교환학생도 기한이 있잖아. 혜신의 말에 소라가 피식 웃었다. 가기 싫은데. 아니, 사실 가고 싶은데 가기 싫어요. 돌아가서 전처럼 살면 되는 것도 아는데, 안 그러면 어떻게 될까
궁금하고 재밌어. 불안한데 그게…… 좋은 것 같아. 웃기죠. N
언니는요?

나는, 말했잖아. 딱 100일 후. 이제는 99일 후네.

한 달 전쯤에도 비슷한 얘기 했잖아요.

그땐 실패했지. 컨트롤을 잘 못했어. 이번에는 정말 마지

막이야. 사실 내가 이런 사람이 아니거든. 왜, 그거 있잖아. 요즘 성격 구분하는 테스트…….

F MBTI?

응. 거기 보면 내가 딱 외향적이고 계획적인 그런 사람이거든. 정확하게 맞아. 그리고 너무 양심적이지. 그래서 이 모양으로는 가족들한테 못 가겠어. 도저히.

그건 그냥 핑계 아닐까요?

아니야. 정말이야. 그런데 사실 홀린 거지. 게임이 그렇잖아. 근데 그게 미치게 재밌어. 돌았지. 내가 평생 이런 적이 없거든. 근데 이제 게임이 노동 같아. 피곤해. 넌 안 그래?

변했어요?

응?

아니, 변하셨다길래.

내가 그랬나? 나…… 그냥 정말 평범한 주부야. 사람 좋아하는.

그걸 믿어요?

믿냐니?

소라는 고개를 가로저었다. 아니에요.

넌 내향인이지? 딱 봐도 보여. 그리고, 이성적이고.

소라는 빙그레 웃었다. 딱 봐도 그래 보여요? 그런데 사람이 정말 변하는 걸까요, 아니면…… 아니에요. 혜신은 소라가 자신에게 말하는 것인지 혼잣말을 하는 것인지 헷갈렸다. 소라는 종종 그랬다. 말이 없다가도 무슨 말인지 모를 이야기들을 웅얼거렸다. 혜신은 소라의 얼굴에 손을 올렸다. 소라의 부드럽고 따뜻한 피부가 혜신의 손에 닿았다. 소라가 말을 멈추었다. 그리고 둘은 잠깐 동안 서로를 바라보았다. 왜 자신이 그런 행동을 했는지 그 순간에도 그 이후에도 잘 이해되지 않았다. 다만, 이렇게 충동적인 면이 나한테 있었나, 역시 내가 좀 변한 건가, 생각했을 뿐이다. 혜신은 금방 손을 떼고 장난스레 볼을 톡톡 치며 웃었다. 피부 좋은 거 봐. 넌 어려서 좋겠다. 소라는 웃지 않았다. 자자. 늦었다. 혜신은 몸을 돌려 모로 누웠다. 일부러 한숨을 크게 쉬었다. 얼마 지나 누군가 문을 열고 방으로 들어왔다. 예의 없는 발소리. 베개를 툭 놓는 소리. 이어지는 코 고는 소리. 혜신은 잠을 이루지 못했다. 둘은 자리에 한참을 그대로 누워 있었다. 참지 못한 혜신이 먼저 몸을 일으켰다. 생각대로 소라가 따라 일어났다. 숙소로 돌아가는 차 안에서는 뉴스를 들었다. 먼 나라 이야기들 같았다.

오랜만에 만나는 동재의 낯빛은 예상보다 더 어두웠다. 그래도 만나면 잠깐 미소라도 지어줄 줄 알았는데. 혜신은 고개를 돌려 창밖을 보았다. 구름으로 꽉 막힌 듯한 잿빛 하늘에서는 곧 뭐라도 쏟아질 것 같았다. 눈이나 비, 아니면 진눈

깨비라도. 그것도 아니면 개구리나 물고기라도. 하여튼 그게 뭐든 당장 쏟아져야 마땅하다고 혜신은 생각했다. 하지만 돈은 쏟아지지 않겠지…… 절대 그런 일은 없겠지. 혜신은 다시 동재의 얼굴을 바라보며 가볍게 말했다. 당신 얼굴이 오늘 하늘색이랑 비슷하네. 동재가 이마를 찌푸렸다. 이 동네는 해가 쨍해도 어두워. 그런 느낌이지 않아? 혜신의 엉뚱한 물음에 동재는 한숨을 내쉬었다. 동재는 물컵을 입으로 가져갔고 혜신은 그의 마른 입술을 보았다. 혜신은 설렁탕을 한 숟가락 떠먹었다. 이번이 마지막이야. 지금이라도 같이 가면 내가 다 처리하고, 용서할게. 없었던 일로. 그러니까 이제 정말 그만해.

국물에 파를 충분히 넣고 소금과 후추를 차례로 뿌리며 혜신은 생각했다. 용서? 용서. 혜신은 탕에 밥을 말았다. 뜨끈한 국물이 입 안으로 들어가자 식욕이 돌았다. 소라는 점심을 챙겨 먹었을까? 혜신은 섞박지를 올려가며 쉬지 않고 밥을 입으로 밀어 넣었다. 그런 자신을 보는 남편의 눈에 혐오감이 비치는 것을 보았다. 아무렇지 않았다. 왜냐하면…… 왜냐하면 이건 일시적인 거니까. 계획대로 일을 마치면 집으로 돌아갈 거니까. 생각보다 일이 잘 안 풀리고 있지만, 그래도 최대한 금방 마무리 지을 것이다. 그리고 예전의 삶으로 돌아가면 된다. 혜신과 남편과 딸이 함께하는, 평범하게 사는 주부로. 딸의 등하교를 돕고 매년 휴가 계획을 짜고 남편과 사랑을 나누고 카트를 밀며 장을 보는 그런 삶으로. 그리고 수십 년이 지난 후에 서로의 늙은 얼굴을 보며, 예전에 이런 일이 있었지, 추억하며 가볍게 웃어넘기는……. 혜신아, 듣고 있어? 이번이 마지막이야.

동재의 말에 혜신은 정신을 차렸다. 마지막?

동재는 주머니에서 봉투를 꺼내 식탁 위에 올려놨다. 혜신의 눈이 번쩍 뜨였다. 이거 받으면 난 더 이상 안 올 거야. 농담 아니고, 이거 받으면, 앞으로 우리는 없어. 잘 생각해. 혜신은 그가 말하는 '우리'에는 동재와 혜신, 그리고 딸 민아가 포함된다는 사실을 알았다. 이혼하자는 말인가. 그러나 혜신은 묻지 못했다. 동재의 입술만 응시했다. 당신은 아랫입술이 더 도톰하구나. 색깔은 원래 그렇게 갈색빛이었나. 혜신이 마음속으로 말했다. 동재의 마른 입술이 다시 움직였다. 혜신아, 지금 나랑 가자. 그리고 치료 센터도 같이 다니자. 이거 병이야. 병은 고치면 돼. 그럼 다 끝나. 장모님 빼고 아무도 몰라. 앞으로도 말 안 할 거야. 나도 아무것도 안 물을게. 제발. 아직 안 늦었어.

……뭘 안 묻겠다는 거야? 나는 다 말할 수 있어.

동재의 눈빛이 흔들렸다. 혜신은 방금 자신이 말을 한 것인지 아니면 생각만 한 것인지 헷갈렸다. 나는 다 말할 수 있어, 자기야. 혜신이 다시 말해보았다. 자신의 목소리가 낯설었다. 물을 마셨다. 이어서 할 말을 떠올렸다. 하고 싶은 말이 많았다. 그러나 이런 이야기들은 이미 몇 번이나 반복했고 동재는 더 이상 듣지 않을 것이 뻔했다. 휴대폰이 울렸다. 소라였다. 진동으로 해놨는데도 동재는 예민하게 반응했다. 누구야? 그 애야?

혜신은 봉투에 손을 올렸다. 동재가 급히 혜신의 손을 잡았다. 자기야, 나 정말 마지막이야. 이번에는 진짜야. 혜신의 말에 동재가 단호히 고개를 저었다. 못 믿어. 정말 끝이라고. 그래도 갈 거야?

나, 금방 집에 가. 계획이 좀 어긋나서 그렇다고 했잖아. 나 이 상태로는 못 가. 최소한 복구는 해서…….

그게 된다고 생각하냐 아직도!

아니 그게 아니라…….

혜신의 말을 끊고 동재는 욕설을 내뱉으며 거칠게 자리에서 일어났다. 식당 안 사람들의 시선이 일순간 동재에게 쏠렸지만 익숙한 장면이라는 듯 사람들은 각자의 세계로 금방 돌아갔다. 동재가 고개를 숙이고 작게 말했다. 혜신아, 지금 너는 네가 아니야. 그걸 알아야 돼. 동재의 입술이 바르르 떨렸다. 혜신은 봉투를 자신 쪽으로 끌어당긴 후 주머니에 쑤셔 넣었다. 굳은 얼굴의 남편을 향해 혜신은 낮고 빠르게 속삭였다. 자기야, 나 금방 가. 조금만. 3개월만. 아냐, 한 달만. 나를 위해서 이러는 게 아니야. 자기, 그걸 몰라?

바깥에는 차고 건조한 바람이 불고 있었다. 혜신은 마음이 조급해졌다. 너는 다른 사람이 됐어. 남편의 목소리에 고개를 들었다. 사람이 이렇게 달라질 수도 있구나. 동재가 헛웃음을 흘렸다. 누군지도 모르는 여자애랑 붙어 다니고. 가족은 버리고.

자기야.

자기라고 하지 마. 징그럽다.

동재는 담뱃불을 탁, 하고 털어 껐다. 택시 몇 대가 작게 클랙슨을 울리는 것으로 탑승 여부를 묻고 지나갔다. 혜신은 짧게 한숨을 쉬고 멀리서 오는 택시를 향해 손을 들었다. 차 문을 연 후 동재를 향해 애써 웃어 보였다. 조심히 들어가. 민아한테 얘기 잘 해줘. 엄마 곧 간다고. 동재의 눈가가 붉어졌다. 혜신은 입술을 깨물며 차 문을 닫았다. 차가 출발했고 차창 밖으로 동재의 시선이 따라오는 것을 느꼈지만 혜신은 돌아보지 않았다. 대신 곧 돌아가겠다는 약속을 보란 듯이 지키고 말겠다고 마음먹었다. 당장 딸에게 전화를 걸어 목소리만이라도 듣고 싶었으나 참기로 했다. 지금은 전화를 걸 자격도 없다고 생각했다. 주먹을 너무 꼭 쥐어 손에 손톱자국이 나는 것도 몰랐다.

9

한참 후에 혜신은 휴대폰을 꺼내 소라에게 문자를 보냈다. 일단 해결. 주머니 안에 돈 봉투가 만져졌다. 지금 들어가는 중. 곧이어 소라가 보낸 이모티콘이 채팅창에 떴다. 그 이모티콘을 보며 자신이 미소 짓고 있다는 것을 깨닫고 혜신은 입가를 문지르며 웃음을 지웠다. 그리고 동재에게 메시지를 썼다. 곧 갈게. 정말. 맹세해. 혜신은 전송을 누르기 전에 자신이 쓴 메시지를 다시 읽어보았다. 맹세…… 맹세? 누구에게? 혜신은 하늘을 한번 올려다보았다. 파랗고 쨍한 하늘이 무심하게 펼쳐져 있었다. 남편과 딸과 부모님, 친구들을 차례로 떠올렸다. 문자를 지웠다. 맹세. 맹세. 맹 자가 들어가면 뭔가 이상해. 멍청해.

이번에는 어떻게든 빠져나가리라 혜신은 다짐했다. 잠깐 어긋난 것뿐이라고. 그동안의 삶이 너무 계획대로 진행되어 이런 일이 생긴 것이라고. 하지만 나는 그 어느 때보다 열심히 살고 있으니 모든 것은 결국 제대로 돌아갈 것이라고. 그러니 근면 성실하게 도박을…… 이건 잘못된 문장인가. 고장 난 생각인가. 어쩌다가 내가. 혜신은 멍해졌다. 창밖으로 거대한 철제 기계가 녹이 슨 채 서 있었다. 버려진 철탑. 이제 너무 많이 봐서 낯익은 풍경인데도 혜신은 고개를 돌려서 끝까지 철탑을 바라보았다. 마치 이 세상에 저런 게 있었냐는 듯 낯선 눈으로. 혜신은 문득 그 이질감에 손을 뻗고 싶었다. 차갑고 녹슨 철에 자신의 가장 부드러운 피부를 닿게 하고 싶었다. 가장 뜨거운 부분을 가장 차가운 곳에 닿게 하고 싶었다. 내가 정말 미쳐가는 것인가. 혜신은 이마를 짚으며 나직하게 한숨을 내쉬었다. 자기야, 오늘 자고 가면 안 돼? 동재에게 다시 문자를 썼지만 결국 보내지 못했다.

플레이어에 다이아몬드 4와 클로버 5. 합은 9. 사람들은 낮게 탄성을 질렀다. 이어서 뱅커에 클로버 3과 하트 4. 플레이어에 베팅한 사람들의 눈이 빛났다. 혜신은 손에 땀이 났다. 이것으로 연속 다섯 번째 따고 있다. 심장이 뛰었다. 오늘 되는 날인가 보다, 소라에게 말하려다가 말로 내뱉으면 재수가 없을까 봐 입을 다물었다. 익숙한 얼굴들이 혜신에게 한마디씩 던졌다. 오늘 되는 날이네. 혜신은 고개를 저었다. 얼마 걸지도 않았어요.

어제는 게임이 잘 풀리지 않아 일찍 접고 숙소로 돌아와 소라와 소주를 마셨다. 주량이 약한 혜신은 그날따라 소주가 달다고 생각했다. 나 돈 좀 빌려줄 수 있어? 술기운을 빌려 혜신이 소라에게 물었다. 얼마나요?

얼마 있는데?

소라는 혜신을 보다가 시선을 창으로 돌렸다. 돈 있긴 있는데, 그럼 나랑 같이 있을 거예요? 소라의 말에 혜신은 눈을 동그랗게 떴다. 얘가 뭐래. 지금 같이 있잖아. 그리고, 뭐라고 했더라. 뭐라 뭐라 떠들다가 한참 더 술을 마셨던가. 깔깔대며 웃었던가. 엉엉 울었던가. 잘 기억이 나지 않았다. 느지막이 눈을 떠보니 소라가 자신의 허리를 안은 채 잠들어 있었다. 혜신은 조용히 소라의 팔을 걷어냈다. 소라가 눈을 떴다. 어제 몇 병이나 마셨지? 혜신은 그다지 궁금하지도 않은 질문을 하며 자리에서 일어났다. 둘은 콩나물국밥으로 해장을 한 후 믹스커피를 마셨다. 오늘 쉴까요? 소라가 물었다. 아니, 어제 종쳤으니까 오늘은 어떻게 좀 해봐야지. 넌 쉬려면 쉬고. 소라는 말없이 혜신을 따라나섰다.

테이블 주위에는 언제나처럼 사람들로 가득했다. 자리를 얻지 못해 둘은 테이블 가장자리에 서서 베팅을 했다. 처음 한두 번은 2, 3만 원씩 걸었다. 그날의 운을 점치듯이 시작은 언제나 그렇게 했다. 그런데 두 번째 베팅부터 연달아 다섯 번을 이겼다. 최근에는 거의 없던 일이었다. 처음부터 10만 원씩 걸었으면 50을 따고, 오늘 계획을 이미 달성했을 터였다. 이런 계산이 소용없다는 것은 이미 알고 있었으나 매번 비슷한 생각이 드는 것은 어쩔 수 없었다. 혜신은 마음을 다잡았다. 여섯 번째 판에는 5만 원을 걸었다. 이번에도 혜신이 건 쪽이 이겼다. 혜신은 오늘을 놓치지 않기로 마음먹었다.

한 타임이 지난 후 혜신의 손에는 200만 원에 가까운 칩이 모여 있었다. 셔플 타임이 왔고 만 원짜리 칩을 10만 원짜리로 바꾸었다. 그만하는 건 어때요? 소라가 물었다. 아니야. 오늘은 달라. 혜신은 베팅 상한액이 큰 테이블로 자리를 옮겼다. 이 테이블에는 최대 30만 원까지 걸 수 있었다. 혜신은 처음에는 10만 원씩, 이후에는 30만 원씩 풀베팅을 했다. 얼마 뒤부터 혜신이 거는 쪽에 따라 거는 사람들이 생겼고 테이블에서는 환호가 끊이지 않았다. 두 타임이 다 돌았을 때 혜신의 가방은 10만 원짜리 칩으로 묵직했다. 사람들이 웃으며 혜신에게 한마디씩 했다. 그 와중에 혜신과 반대로 걸던 사람들은 머쓱한 표정으로 자리를 떴다. 재수 없다는 말도 들은 것 같았지만 혜신은 아무렇지 않았다. 겨드랑이와 손바닥이 땀으로 흥건했다. 혜신은 화장실에 가서 가방을 열고 칩을 세어보았다. 총 85개.

혜신은 손을 깨끗이 닦은 후 화장실에서 나와 소라와 함께 음료 바로 가서 커피를 따라 마셨다. 오늘 손 좀 빌려줘. 소라는 고개를 끄덕였다. 근데, 꺾이면 바로 접어요.

혜신이 베팅을 하면 혜신이 미리 준 칩으로 소라가 다른 쪽에서 함께 베팅을 했다. 한 번에 60을 베팅하는 더블 베팅이었다. 카지노 측에서는 금지하고 있었으나 꾼들은 사람들을 사서 서너 명을 동시에 쓰기도 했다. 딜러들은 모르는 척했다. 위험부담이 컸으나 그만큼 수익률도 높았다. 세상 모든 도박의 진리다.

F

시간은 계속 흘렀고 혜신은 말 그대로, 정신없이 돈을 땄다. 이런 날이 오면 어떻게 할지 수도 없이 시뮬레이션을 해 왔는데 처음 한 시간 동안 망설이며 제대로 베팅하지 못했던 것이 아쉬웠다. 중간에 한두 번씩 잃기도 했으나 대부분 혜신이 거는 쪽이 이겼다. 그러다 연속 세 번 다른 쪽 패가 이겼고 혜신은 단 몇 분 만에 180만 원을 잃었다. 그 정도는 괜찮다고 생각했다. 이것으로 오늘의 운이 다했다는 것을 믿고 싶지 않았다. 그러나 네 번째 역시 반대편 패가 이겼고 혜신은 목덜미가 뻣뻣해졌다. 사람들이 수군거리는 소리가 들렸다. 소라가 혜신에게 다가왔다. 딱 한 번만 더. 소라의 팔을 잡으며 혜신이 부탁했다. 짧은 고민 끝에 베팅을 했다. 8과 8. 타이가 나왔다. 소라는 안타까움과 안도가 섞인 한숨을 내쉬었다. 작지만 단호한 목소리가 혜신에게 들렸다. 쉬어요.

흡연실로 들어가 소라의 옆에 앉았지만 혜신은 온통 다른 생각에 사로잡혀 있었다. 지금까지 딴 돈을 대략 계산해 보아도 1500은 넘을 것이었다. 나에게도 이런 날이 있구나. 더블 베팅을 한 게 신의 한 수였어. 혜신은 가방을 끌어안은 채 여전히 두근거리는 마음을 가라앉히려 애썼다. 맞은편에 아는 얼굴이 눈에 들어왔다. 낡은 검은 코트의 여자였다. 여자는 혜신의 시선을 피한 채 담배를 피우고 있었다. 혜신이 그녀에게 다가가 말을 걸었다. 저, 담배 하나만 주실래요? 여자는 담뱃

갑을 내밀었다. 소라가 의아한 눈으로 보았다. 담배 피워요? 피울 줄은 알아. 혜신은 연기를 들이마신 후 길게 내뱉었다. 담배 피우는 법은 까먹질 않네? 그러나 곧 어지러워졌고 금방 담배를 껐다. 속이 매스꺼웠다. 하루 종일 커피만 마셨다는 것을 깨닫자 허기와 피곤이 밀려왔다. 눈알이 뻑뻑했다. 어느새 여덟 시간 가까이 지나 있었다. 오늘 고마워. 진짜. 소라는 괜찮다는 말도 없이 그저 고개를 끄덕인 후 말했다. 이제 가야죠. 배고파.

혜신은 소라에게 넘겨받은 칩과 자신의 가방에 있는 칩을 모두 환전 카운터 위에 조심스레 쌓아 내밀었다. 아, 잠시만요. 혜신은 칩 20개를 도로 가져와서 가방에 챙겼다. 직원은 빠른 손놀림으로 칩을 세어본 후 현금을 카운트해서 혜신에게 건넸다. 혜신은 현금 다발을 재빨리 받아 가방에 넣고 지퍼를 채웠다. 소라가 양손으로 엄지를 들어 보였다. 언니 오늘 그분이 오신 듯. 진짜로.

네 덕분이야. 간만에 너무 신났다. 마지막에 좀 빨리 끊을걸.

그런 생각은 그만. 소라가 혜신의 어깨에 팔을 올렸다. 오늘은 진짜로 고기 먹으러 가자. 그러나 이번에도 T시로는 가지 못했다. 역시 너무 늦은 시간이었다. 내일은 꼭 가자. 혜신은 그렇게 말했지만 왠지 내일도 오늘의 행운이 따르지 않을까, 그러면 불과 이틀 만에 목표 금액 이상을 하고 어쩌면 본전을 챙겨 돌아갈 수도 있겠다고 생각했다.

F 숙소에 도착한 후 혜신은 30분 후에 소라의 방으로 가겠다고 말했다. 중국집에 음식 먹고 싶은 대로 시켜놔. 고량주도 시키고. 대짜로. 소라는 어딘지 아쉬운 표정이었으나 천천히 고개를 끄덕였다. 혜신은 자신의 방으로 들어와 문이 잘 잠겼는지 확인한 후 바로 옷을 벗고 욕실로 향했다. 뜨거운 물줄기 아래 눈을 감고 혜신은 상상했다. 동재가 어떤 표정을 지을까. 간만에 제대로 된 미용실에 들러서 머리도 하고 화장도 하고. 말끔한 모습으로 민아를 만날 것이다. 동재의 품에 안길 것이다. 문득 남편의 살냄새가 그리웠다. 돈으로 그 시간들을 어느 정도는 만회할 수 있을 것이다. 혜신은 얼른 동재에게 이 사실을 알리고 싶었다. 약속을 지키게 되었다고. 내가 말하지 않았냐고. 나는 계획을 세우면 결국 이루어낸다고. 오늘은 너무 늦었고, 당장 내일 갈 수도 있다고. 음…… 내일? 내일은 좀 그런가. 혜신은 수건으로 몸을 대충 닦고 침대에 걸터앉아 휴대폰을 켰다. 동재에게 전화를 걸었다. 신호음이 한참 울렸고 혜신은 초초해졌다. 하고 싶은 말들이 머릿속에 두서없이 떠올랐다. 그러나 동재는 전화를 받지 않았다. 혜신은 여러 번 메시지를 썼다 지웠다. 연락 줘. 전송 버튼을 눌렀고 혜신은 가방을 열어 현금을 확인했다. 몇 다발의 돈뭉치가 칩을 들고 있을

J

때와는 다른 느낌을 주었다. 이게 뭘까. 이걸 따기 위한 사람들의 눈빛들이 떠올랐다. 도박꾼들은 돈 앞에서 스스럼이 없었다. 수치를 몰랐다. 그것이 불편하면서도 편했는데 지금은 수치로 온몸이 견딜 수 없게 아린 느낌이었다. 혜신은 대충 옷을 챙겨 입고 소라의 방으로 향했다.

소라의 방에서는 희미한 샴푸 향이 났다. 소라의 머리가 젖어 있었다. 잠시 후 음식이 도착했고 둘은 바닥에 음식을 펼쳐놓고 물컵에 술을 따라 건배했다. 텔레비전을 틀어놓고 늦은 저녁을 먹으며 둘은 오늘의 게임을 복기했다. 대단했어요. 소라의 말에 혜신은 좀 전의 수치를 잊었다. 고량주 한 병을 다 마시고 소주 한 병을 더 비웠다. 취기가 올라 나른하니 기분이 좋았다. 이런 기분으로 술을 마셔본 게 언제였더라. 자기야, 나, 이제 딸 보러 간다.

언제요?

음, 봐서. 이제 아무 때나 갈 수 있다고 생각하니까 마음이 너무 좋은 거 있지.

소라는 말이 없었다. 정말 이상하지 않아? 그렇게 맨날 가도 몇십 따기가 그렇게 힘들더니.

오래 하면 결국 져요.

아는데도 잘 안 돼. 오늘도 자기 아니었으면 잃었을 거야. 아니, 좀 더 땄을까? 그런 생각을 하자 혜신은 아쉬워졌다.

9

오늘 딴 돈으로는 아무래도 부족하다는 생각이 들었다. 내가 여기서 얼마나 고생했는데. 딸내미랑 남편까지 던져놓고.

언니. 소라가 낮은 목소리로 혜신을 불렀다. 안 가면 안 돼요?

안 돼. 가야지. 여기 있으면 어떻게 되는지 보고도 그래.

여기 있다가, 마카오도 가고, 라스베이거스도 가고. 그럼 안 돼요?

혜신은 웃음을 터뜨렸다. 손을 들어 소라의 머리를 쓰다듬었다. 자기도 슬슬 돌아가야지. 가서 애인도 만들고, 논문도 쓰고.

소라가 혜신의 가슴에 손을 올렸다. 혜신은 어리둥절해서 소라를 바라보았다. 아니, 지금…… 혜신이 몸을 일으켰다. 미안. 뭐가 미안한지도 모른 채 혜신은 사과했다. 취했네. 가서 자야겠다. 내일 봐. 혜신은 허둥지둥 신발을 찾아 신었다. 방으로 돌아와 문을 닫고 혜신은 정신을 차리려 애썼다. 한참을 안절부절못하다가 찬물로 세수를 했다. 불을 끄고 누웠지만 지금까지 소라의 모습들, 눈빛들, 제스처들이 떠올랐다. 달아오른 얼굴이 쉽게 식지 않았다.

다음 날 소라는 아무렇지 않은 얼굴로 숙소 앞에서 혜신을 기다리고 있었다. 하늘이 낮고 어두웠다. 소라가, 오늘 눈 엄청 많이 온대요, 하고는 담배 연기를 허공에 길게 뿜었다.

그렇구나. 오늘 어떡할까요? 소라의 물음에 혜신은 망설이다 말했다.

일단 밥을 먹자.

혜신과 소라는 나란히 걸었다. 그러다 문득 혜신이 걸음을 멈추었다. 소라야. 소라가 걸음을 멈추고 혜신을 보았다. 나, 그런 사람 아니야. 혜신의 말에 소라는 혜신의 눈을 빤히 바라보았다. 몇 초 뒤에 소라가 의아한 얼굴로 웃었다. 그런 사람이 뭔데요? 밥이나 먹으러 가요.

혜신은 아침에 동재와 통화하면서 했던 말들을 소라에게 하지 않았다.

무슨 일이야?

동재의 건조하면서도 기대감이 깃든 첫마디에 혜신은 그제야 깨달았다. 아직 돌아갈 마음이 없다는 사실을. 어쩌면 동재의 말이 맞는지도 모르겠다고 생각했다. 자기야, 정말 내가 변한 걸까? 혜신의 뜬금없는 물음에 동재는 한숨을 쉬었다.

혜신은 소라를 따라 다시 걷기 시작했다. 거리에 사람들은 드물었고 수증기를 가득 머금은 흐린 하늘만이 둘을 내려다보고 있었다.

작가 노트

F

MBTI로 너와 나를 규정 지을 수 없어. 인간을 단순화해서 이해하지 말자, 라고 생각합니다. 하지만 재미있고 심지어 들어맞는 부분도 많아서 자꾸 찾아보게 됩니다. 그래도 역시 그게 전부는 아니겠지요. 인간은 아주 작은 차이로 개개인이 구별되는 종인지도 모르겠습니다. 그러니 자신의 **MBTI**로 스스로를 (자신에게 또는 타인에게) 이해시키려 하지 않아도 괜찮을 것 같습니다.

위수정 소설집 《은의 세계》가 있다.

J

ISFP

이주란

S

M

B T

I

I

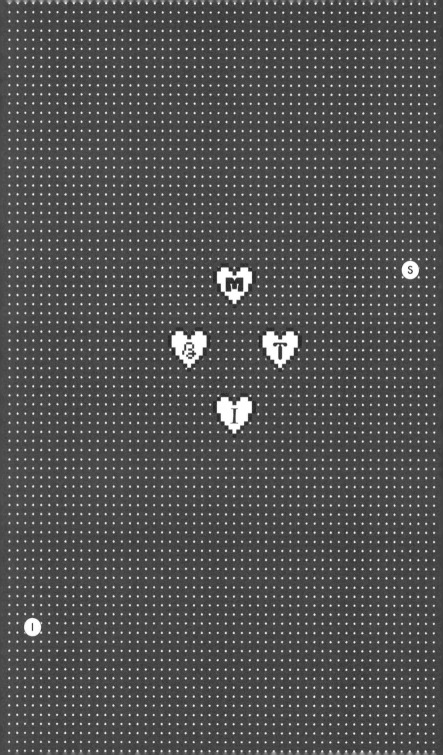

안경

1.

내 친구가 우리 집에 놀러 왔다가 다음 날에도 돌아가지 않은 것은 갑작스러운 폭설 때문이었다. 우리는 카레를 만들어 먹거나 인생 그래프를 그리며 시간을 보냈다.

요즘 난 나 자신이 조금 싫어졌어.

어떤 점이.

가치관이 변했어.

무슨 일 있었어?

세상이 왜 돈, 돈 거리는지 알게 되었어.

널 둘러싼 상황 중에 전과 달라진 것이 있어?

있어.

그래서 그런 것 같은데.

난 조금 슬퍼.

아니 왜.

난 이제 어떻게 살아야 할까.

아무튼 넌 이미 살고 있어.

그러니까 이젠 어떻게?

가치관은 상황에 따라 달라질 수 있고.

가치관은 변하지 않는 것이 아닌가?

봐. 네 인생 그래프를.

카레를 젓던 실리콘 주걱엔 'I AM A CAT'이라는 문구 S 가 쓰여 있었고 내 친구는 자신의 인생 그래프를 골똘히 바라보았다.

늘 변해왔어.

그래, 그거야.

2.

한때는 주변에 모르는 사람이 없어 허브(Hub)라는 별명으로 불렸던 내 친구는 내가 느끼기에 변했다면 변했고 그대로라면 그대로였는데 지금 자기 자신이 싫어졌다고 한다. 난 내 친구가 걱정되었다. 마당 장독대에는 눈이 쌓이고 있었고 살짝 열린 덧문 틈으로 겨울바람이 불어왔다. 내 친구는 눈을 I 맞고 싶어 했다. 우리는 문을 열고 나가 장독대 옆에 서서 내리는 눈을 잠깐 맞고 들어와 따뜻한 모과차를 마시며 '개인의 생애 주기별 발달과업'을 검색했다.

뭔가 잘못된 거 아닐까.

우린 전문가가 아니야.

좀 쉬자.

좋은 생각이야.

내 친구와 나는 성인의 관점에서 신념과 가치관을 확립하고 책임 있는 시민으로서의 역할을 수행해야 했고, 몇 년 후엔 인생철학을 확립하고 직업 분야와 사회에서 다양한 역할을 수행해야 하며, 그 후에는 건강 악화와 위기에 대비하고 관리해야 하지만 어쩐지 막막하여 미리 생각하지 않기로 했다. 가정 역시 형성, 확대, 축소의 과정을 거치는 모양이었는데 우리는 아직 우리의 선택으로 가정을 형성하지는 않았으므로 '가족생활 주기별 발달 과정'은 패스했다.

나가서 눈 좀 쓸고 올게.

같이 해.

뿌연 풍경 속, 드문드문 떨어져 있는 집들. 겨울이면 늘상 보는 풍경이었지만 아득하고 아득해 보였다. 새끼를 떼어 놨나, 배경음악처럼 멀리서 소 울음소리가 들려왔다. 내 친구와 나는 말없이 눈을 치우며 길을 만들어나갔다. 무엇 때문인지 군데군데 반짝이는 것들이 있었다. 그 재미로 계속했다. 수

시로 팔을 주물러가며 쌓인 눈들을 양옆으로 정리하고 방에 들어가서 잠깐 눈을 붙였다가 나왔더니 그만큼이 도로 쌓여 있었다. 우리는 다시 쌓인 눈을 정리했다. 마루로 돌아와 바라본 바깥의 모습은 꼭 해안가로 밀려와 부서진 파도처럼 보였다. 어릴 적에 나는 말이야, 들쥐가 내 손톱을 먹고 나로 변신할까 봐 무척 두려웠었어. 내 친구가 말했고 나는 어릴 적 내가 믿었던 것이 분명 산타는 아니었다고 대답했다.

눈이 올 때마다 늘 이렇게 해?

이거보다 더 많이 올 땐 못 해.

이거보다 더 많이 오기도 한다고?

물론.

그럴 땐 오히려 그냥 두는 게 나았다.

3.

자가용이 없던 내 친구와 나는 3일간 집에서 꼼짝할 수 없었다. 폭설로 인해 마을버스와 택시의 운행이 중단되었기 때문이었다. 역시 전날 이웃 마을로 출근했던 내 어머니는 이곳으로 돌아오지 못해 이모 집으로 갔다. 안내 문자가 속속 도착했고 서울이나 제주는 어떠한가 날씨 상황을 확인한 뒤에는 주방을 뒤져 몇 병의 술과 안줏거리들을 마루 한쪽에 모아 두었다. 마침 나는 이틀간 휴무였으므로 하루만 스케줄을 조정하면 큰 문제가 되지 않았는데, 내 친구는 예정되어 있던 모임에 참석하지 못하게 되었다.

근데 왜. 왜 아무도. 왜 이렇게 많은 사람들 중 단 한 명도 약속을 취소하지 않는 거지. 이러한 역대급 폭설과 한파 속에서도 왜.

난 어깨를 으쓱해 보인 뒤 물었다.

아, 그런데 너 출근은?

나 그만둔 지 한 달쯤 됐어.

그랬어?

이쯤 만나기로 했으니까 만나면 말하려고 했지.

마음이 좀 그렇겠다.

어느 정도 괜찮아.

그런 일이 다 있었네.

이제는 뭐랄까. 그 즉시 말하기가 귀찮은 기분.

아, 그 기분 잘 알지.

난 내가 했던 일을 정말 좋아했어. 일 자체도, 같이 일한 사람들도 모두 좋았어. 하지만 결심했어! 이젠 돈이 되는 일을 할 거야.

그 기분을 잘 알았고 걱정이 되었다. 하지만 선불리 어떤 말을 꺼내기가 어려워 맛있는 음식을 차리기로 했다. 분홍 소시지를 구워 청주를 마시며 얘길 들어보니, 내 친구 스스로 그만둔 것이 아니라고 했다. 나의 걱정은 쌓여갔다.

난 이제 어떻게 살아야 할까.

다행히 내 친구는 크게 힘든 것은 지나갔다고 말했다. 난 여기 머무르면서 생각을 좀 해보길 권했다. 우리는 26년간 친구로 지내왔고 만날 때마다 하루 이틀씩 같이 지내는 패턴이었으므로 말없이 시간을 보내는 것이 가능했다. 게다가 우리 집에 올 때 안경을 챙겨 왔기 때문에 하루든 3일이든 한 달이든 문제없었다. 그런 문제는 없었지만 최근에 누군가에게 상처를 받은 적이 있었다고 말했다. 그러면서 그런 일은 어차피 인생이 끝날 때까지 계속될 일이며 심지어 최선을 다해도 일어날 수 있는 일이라고 말했다. 그리고 나 역시 나도 모르는 새 누군가에게 상처를 주었겠지? 물어왔다. 그건 내가 알 수 없는 부분이지, 말하진 못했고 다른 대답을 떠올리는 동안에도 밖에선 속수무책으로 눈이 쌓이고 있었으므로 우리는 다시 마당에 쌓인 눈을 정리했다.

자정에 가까운 늦은 밤, 나는 정성을 들여 고등어무조림을 만들었다. 내 친구는 그것을 맛있게 먹었으나 목에 가시가 걸려 토를 하고 말았다. 가시를 빼기 위해 맨밥을 더 먹어보았지만 끝내 넘어가지 않았던 것이다.

한 20년 만에 생긴 일.

내 친구는 밝은 표정으로 설거지를 했다. 그러곤 내 침대에서 긴 잠을 잤는데 혹시 자느냐고 물어보면 아니라고 대답하곤 했다. 머뭇거리다 한 번 더 물어보면 눈을 감은 채로 대답이 없었다. 나는 혼자서 유행이 지난 드라마를 몰아 봤는데 자주 집중이 흐트러졌다.

4.

난 이제 무엇을 하며 살아야 할까.

잠에서 깬 내 친구의 첫마디였다.

K랑은 상의해 봤어?

아니.

왜.

말하기가 좀 그래.

어떤 점이 좀 그래.

부담스러울 것 같아서.

아빠 집으로는?

아빠와 함께 있으면 서로 괴로워.

돈이 좀 있었다면 관점을 좀 달리해서 기회라고 생각하

고 좀 쉴 수도 있었을 텐데 지금으로써는 쉬어도 마음이 편치 않을 것이었다. 그렇게 3일 후에 다시 마을버스와 택시의 운행이 재개되었다. 무인도에 있으면 어떤 기분일까? 내 친구가 물었고 난 생각을 오래 하느라 대답을 하지 못했다. 내 친구는 10년쯤 같은 일을 했고 10년쯤 한곳에 살았고 10년쯤 한 사람과 만났다. 글쎄, 그런 내 친구가 갑자기 무인도에 있게 된다면 그건 어떤 기분일까. 우리는 줄지어 늘어선 공업사들을 지났고 나와 7년을 산 반려견 오이의 생일쯤 다시 만나자는 얘기를 하며 버스 정류장을 향해 계속해서 걸었다. 바람은 여전히 차가웠고 보이는 곳마다 고드름이 길게 자라나 있어 조심해야 했다.

어, 이상하다.

어떤 점이.

길에 왜 이렇게 사람이 많이 보일까.

그러네, 너무 많네 사람이.

가발 공장 앞엔 어떤 집의 가훈이 쓰인 길고 큰 액자가 버려져 있었고 수십 명의 학생들이 꽃다발을 들고 그 앞을 지나고 있었다. 나와 내 친구는 그제야 오늘이 마을에 하나 있는 중학교의 졸업식이라는 것을 알았다. 우리는 그 앞에 서서 버스를 기다리다가 고양이 한 마리와 열 살쯤 되어 보이는 어린이 하나가 반소매 차림으로 공장 담을 넘는 것을 보게 되었다.

위험해! 내 친구가 외쳤지만 고양이와 어린이는 이미 사라지고 없었다.

간다.

조심히 가.

친구를 버스에 태워 보낸 뒤 마음이 헛헛해 마을에 하나 있는 화원에 들렀다. 화원의 주인이 자고 있길래 그냥 나가려다 키가 큰 화분을 발로 차 큰 소리를 냈다.

아이고, 내가 어제 밤을 새우는 바람에.

네, 일단 더 주무세요. 다음에 다시 올게요.

5.

사흘 전에 택배로 도착한 쓰레기통을 조립하고 있을 때였다. 휴대폰 충전기를 두고 간 내 친구에게 메시지가 왔다. 종일 나가 볼일을 몰아 보고 깍두기를 담글 무 하나를 사서 돌아오는 길에 그날 우리 집 마당에서 본 수선화 싹이 떠올라 꽃집에서 미니 수선화 모종을 구입했다는 것이었다. 친구가 산 모종은 이미 노란 꽃잎이 활짝 피어 있었고 나는 마음을 조금 놓았다.

어머니가 겨울에 심어둔 마당의 수선화는 아직이었다.

아직은 때가 아닌 것뿐이고 어머니가 당분간 이모 집에 머무르겠다고 해서 난 괜히 조금 자유로운 기분으로 일상생활을 하는 중이었다. 하지만 동파로 인해 밀린 빨래 더미 때문에 완전히 자유로울 수는 없었다. 줄어가는 수건과 속옷 개수가 신경 쓰일 때마다 돌아가지 않는 세탁기 앞에 한참을 서 있다가 다시 자리에 눕기를 반복했다. 그러다 더는 미룰 수 없을 때가 되어서야 마을에 하나 있는 빨래방으로 향했다.

막상 밖으로 나오니 상쾌했다. 평일 한낮의 빨래방에는 아무도 없었다. 온도 차로 흐려졌던 안경이 서서히 깨끗해질 무렵 나는 세탁기 속에서 빨래들과 함께 열심히 돌아가는 대형 세탁물 비닐봉투를 발견했다. 미리 챙길 땐 뿌듯했는데 괜히 일을 만들었군. 난 체념했고 집으로 갈 것인가 여기 앉아 기다릴 것인가를 생각했다. 걷기 운동을 할 겸 세탁이 되는 동안 집과 빨래방을 오갈 생각이었지만 곧 귀찮아졌다. 하루의 많은 순간, 귀찮다는 말을 밖으로 내뱉지만 않을 뿐 귀찮게 여겨지는 일이 많았다. 어쩌지, 골똘히 고민해 보는 사이 훌쩍 시간이 흘러 있었고 이제 집에 다녀오기는 글렀다는 것을 알 수 있었다. 나는 의자에 앉아 본격적으로 투명한 유리문 밖 풍경을 바라보았다. 마을 전체가 대체로 한산한 편이었지만 동시에 마을의 한복판이어서 지나는 사람이 아주 없지도 않았다. 아까부터 거슬렸던 것은 제자리에 있지 않은 세탁물 카트였다. 5개의 카트가 빨래방 여기저기에 멈춰 선 채였다. 난 좀 고민을 하다가 자리에서 일어나 카트를 제자리에 옮겨두었다. 그리고 바닥에 떨어져 있는 건조기용 시트를 주워 쓰레기통에 넣었는데 그래서일까. 방금 전 들어와 지폐를 동전으로 교환한 뒤 내 옆옆 세탁기 앞에 선 아주머니 한 분이 말을 걸어왔다.

이거는 동전이 안 되나 봐요.

그래요?

난 동전이 되는지 안 되는지는 몰랐지만 일단 세탁기 앞으로 갔다. 동전을 넣는 부분에 '동전×'라고 적힌 작은 쪽지가 붙어 있었다. 나는 여기 이런 게 붙어 있으니 다른 세탁기를 쓰면 될 것 같다고 말했다. 아주머니는 세탁기 안에 넣어둔 겨울옷들을 꺼내 바로 옆으로 옮겼다.

어떤 코스 하시겠어요.

아주머니는 항균 코스를 선택했다. 요 앞에서 주유소를 한다는 아주머니는 평소에는 집에서 세탁을 하는데 겨울이 끝나갈 무렵엔 이곳에 와서 비싸지 않은 패딩들을 한꺼번에 세탁한다고 했다. 작은 마을이지만 주유소는 하나가 아니었고 난 주유소에 갈 일이 전혀 없었기 때문에 아주머니의 얼굴이 낯설었다.

근데 전 여기 직원은 아니에요.

그래요?

네.

아까 청소를 했잖아요.

그냥 떨어져 있길래 주운 것뿐이에요.

그렇다고 내가 늘 보이는 모든 쓰레기를 줍는 건 아니었다. 아주머니는 고개를 끄덕였고, 잠시 침묵이 흘렀다.

하나만 더. 이런 거는 여기 돌리면 안 되겠죠.

아주머니가 안에 입은 옷을 내게 내보이며 물어왔다. 나는 비싼 옷이냐고 물었다. 네. 아주머니가 대답했고 난 그러면 좀 귀찮더라도 손빨래를 해서 뉘어놓고 말리거나 하는 게 좋지 않겠느냐고 대답했다. 아주머니는 자신의 세탁 철학에 이어 지금 세탁기 안에서 돌아가고 있는 패딩 주인의 패션 취향과 전보다 오른 드라이클리닝 가격 정보와 그에 따른 경험담을 들려주었다. 영 귀찮으면 돈을 써야지요 뭐. 내 말에 아주머니가 웃었다. 난 뿌듯했고, 기세를 몰아 아주머니에게 건조기용 시트에 대한 몇 가지 정보들을 들려주었고 아주머니는 그것을 휴대전화 메모장에 꼼꼼히 적었다. 크게 중요하다 여기지 않은 것들은 자기도 모르는 새 깜빡 잊어버릴지도 모른다는 것이었다. 중요하지 않으니까 잊어도 되지 않나요, 했더니 된다 안 된다의 문제라기보다는 정작 필요한 순간에 생각이 안 나 답답했던 경우가 더러 있었다는 이야기였다. 난 고개를 끄덕였고 아주머니는 잠시 달팽이에게 밥을 주고 오겠다며 빨래방을 나섰다가 돌아와서 말했다. 아깐 고마웠어요.

집으로 돌아오는 길에는 접도구역 팻말 아래에서 죽은 뱀 세 마리를 보았다. 죽은 뱀에 대한 이야기라면 아마도 나는 내가 아는 만큼만 말할 수 있을 것이다. 여행을 안 좋아했나? 그날 내 친구는 버스를 기다리면서 내게 그렇게 물었다. 어쩌다 플로리다의 한 섬에 가보고 싶다고 생각한 적은 있었다.

6.

2년 전 나는, 10년간 하던 일을 그만두었다. 일을 그만두기 전에는, 마치 내게 아무런 선택지가 없는 사람처럼 굴곤 했다. 아무런 선택을 하지 않았을 때는 얻은 것도 잃은 것도 누릴 것도 감당할 것도 없었고, 어느 날엔 꿈에서 육상선수나 작곡가가 되어 있었다. 그 시기에 내 어머니는 어느 저녁 산책길에서, 패각이 깨진 달팽이를 돌보던 자신의 어릴 적 이야기를 내게 들려주며 강아지풀 하나를 뽑아 이를 쑤신 적이 있었다. 그러나 이제 내 친구와 내가 다니던 학원은 요양원이 되었고 그 옆 부지엔 드디어 실버타운이 완공되었다. 내 친구는 계절에 한 번쯤 우리 집에 놀러올 때마다 실버타운의 건립이 어느 정도 진행되고 있는지 확인하곤 했다. 우리는 26년 동안 한 번도 같이 여행을 간 적이 없었지만 친구끼리 여행을 가기 전 필수 체크리스트를 해본 적이 있다. 그날 저녁 산책을 끝내고 집으로 돌아왔을 때 덧문을 닫으며 어머니가 말했다. 그건 생각보다 아주 위험한 일이었단다. 목숨이 달린 일이었어.

S

7.

혹시 이따가 잠깐만 볼 수 있을까.

지난 여름 헤어진 태훈의 메시지였다.

너 말고 오이.

연달아 온 메시지. 스케줄표에서 요일을 착각해 친구들과 만날 약속을 다시 조율하고 있을 때였다. 이번 모임에서만 나 빼고 만나는 것이 어떤지 넌지시 제안했으나 도통 통하지 않았다. 새로 모임 날짜를 조율하는 일은 쉽지 않았고 여름이 끝나가던 어느 날이 태훈을 본 마지막 날이었다. 난 무엇이 오이를 위한 것인지 잘 알 수 없었지만 이어서 도착한, 이 만남이 오이에게 해가 되지 않는 근거들에 설득되고 있었다. 난 오이가 될 순 없지만 오이가 그간 태훈에게 보인 행동들을 떠올려본다면 한 번은 태훈이 보고 싶을지도 몰랐다. 게다가 오이

I

에게는 사실 태훈에게서 내게로 온 역사가 있었다. 태훈은 자기 자신에게도 너무 철저하다. 그게 내가 지난봄과 초여름에 가장 많이 한 생각이었는데 내가 그린 윤곽은 그저 내 생각일 뿐이었으므로 달라지는 건 아무것도 없었다. 될 수 있으면 조용하고 좋은, 그런 기억들을 많이 갖고 싶다. 아무래도 인생은 실전이니까.

그래, 조심히 와.

나는 태훈에게 답장을 보냈다. 초저녁부터 마을에는 자욱한 안개가 끼기 시작했다. 앞이 잘 보이지 않아 태훈에게 다음에 오지 않겠느냐고 물었더니 세 번이나 오이 꿈을 꾸었다며 조심히 오겠다는 답을 받았다. 오이야, 이따가 태훈이 올 거야. 나는 태훈이 걱정되어 마루에 나가 앉아 있었다. 물개와 바다 수영을 즐기는 사람들이 나오는 텔레비전 프로그램이 끝나갈 무렵에 전조등을 밝힌 태훈의 흰색 차가 마당으로 들어섰다. 난 태훈이 장독을 깨진 않을까 걱정했지만 다행히 그런 일은 일어나지 않았다. 태훈이 내 어머니가 좋아하는 과일 상자를 내려놓고 현관문을 열자 오이가 태훈을 향해 달려 나갔다. 오이가 태훈을 반기는 모습을 보니 도무지 참을 방도가 없어 텔레비전을 보는 것처럼 눈물을 흘리고 말았다. 난 일요일 오전마다 동물이 나오는 텔레비전 프로그램을 보며 자주 울곤 했지만 이번엔 예상치 못했다. 한참 태훈의 얼굴을 핥던 오이가 조금 진정되고서야 밖에서 휘발유 냄새가 아주 심하게 나고 있다는 것을 알았다. 나는 태훈의 차를 향해 걸어갔다.

여기서 기름 냄새가 나는 것 같아.

그래?

차에 무슨 문제가 있나 봐.

태훈은 오이를 내려놓고 차 쪽으로 다가왔다. 이런 일은 처음이라기에 같이 차 주변을 한 바퀴 돌아보았다. 운전석 쪽에서 가장 심한 냄새가 났고 시동을 켠 뒤에는 엔진 경고등이 들어와 있는 것을 보았다. 태훈은 보험사에 연락했다.

30분쯤 걸린대.

응.

안개가 너무 심해서 민통선 앞까지 갔다가 돌아왔어.

우리는 고구마에 김치를 얹어 먹으며 보험사를 기다렸다. 기다리는 동안 태훈은 면 텐트를 준다는 친구의 전화와 해외 거래처의 전화를 받았다. 그는 친구와 통화를 하며 여러 번 크게 웃었고 해외 거래처와 통화를 하면서는 차분하게 화를 냈다. 같은 일로 지금 2주째, 서로 자기 말만 하고 있거든. 그가 덧붙였고 난 고개를 끄덕이면서 가깝고도 멀게만 느껴졌던 우리의 지난여름을 떠올렸다.

계기는 정말이지 사소했다. 어느 날 우리는 채널을 돌리다가 세계에서 가장 높은 곳에 위치한 슈퍼마켓 이야기를 다

룬 프로그램을 보게 되었다. 우리 나중에는 우리나라에서 가장 높은 아파트에 살자. 태훈이 말했고 난 그때 문득 우리는 언제까지…… 우리는 앞으로도 끊임없이 다를까? 그런 생각을 했었다. 싫은 것이 아니었다. 난 태훈을 사랑했고 다만 그때 프로그램 속 슈퍼마켓 주인을 부러워하고 있었다. 그즈음 사업을 시작한 태훈을 따라 많은 사람을 만나며 지냈다. 그는 아주 당연하게도 내가 그 캠핑에 함께하길 원했다. 일 핑계를 대보았지만 통하지 않았고 나중에는 왠지 내 쪽에서 미안하다고 하고 있었다. 7년 동안 그런 일은 한두 번이 아니었다. 누구도 미안하다는 말을 원하지 않는 상황에서 난 종종 그렇게 상황을 정리하곤 했다.

난 누군가를 만나고 있지 않은 상태로 돌아가 보고 싶었다. 태훈과의 헤어짐을 격렬하게 원하지는 않았지만 헤어짐에 연습이란 건 없었다. 그냥 헤어짐만 있을 뿐이었다. 잠시 시간을 갖는다고 달라지는 것은 없을 거라 생각했다. 몇 주간 이런저런 핑계를 대며 만남을 미루고 고심했다. 그리고 마침내 다시 만나게 되더라도 일단 헤어지고자 결심을 했을 땐 태훈을 설득하기 위해 논리적 글쓰기와 말하기를 연습했다. 그건 연습이 가능했다. 그 후 나는 속으로는 약간의 미련을 가진 채로 평온한 날들을 보냈고, 그렇게 지난 몇 개의 계절을 되감아 보는 동안 오이는 태훈과 나의 품을 오갔다.

혹시 어머니 김치 진짜 조금만 싸 줄 수 있어?

얼마든지.

난 넉넉하게 김치를 담아 주었고 태훈은 안개를 헤치고 도착한 보험사 직원과 10년 된 친구처럼 대화를 주고받으며 돌아갔다. 오랫동안, 태훈이 없는 내 삶은 전혀 상상이 되지 않는 삶이었다. 정말 그랬다. 그 보험사 직원 말이야. 거기 안개가 심해서 오늘만 세 번째 출동이었는데 그 사람도 민통선 앞까지 갔다 왔대. 나만 그런 게 아니었어. 그리고 무슨 큰 사고가 있었나? 가다가 완전히 반파된 전봇대를 보았는데 차에 있던 사람들 괜찮으려나. 오히려 그렇게 되면 사람은 크게 다치지 않는 경우도 있거든. 그게 왜냐하면……. 태훈은 그렇게 아주 긴 메시지를 보내왔고 말미에는 김치 맛에 대한 극찬과 오이와의 다음 만남을 부탁했는데 그에 대한 미련이 조금 남아 있는 것치고는 왜인지 조금 부담스러워서 확답을 하지는 않았다. 가만히 눈을 감고 헤어지길 잘했다고 생각했다. 어차피 진짜 삶에선 만약이란 것은 없으니까. 나는 태훈이 좋은 사람이라고 생각한다.

그러니까 내가 태훈과 이별하고서 한 달쯤 지나 내 친구에게 그 사실을 말했을 때 내 친구는 놀라지 않았다. 우리는 각자 자신의 인생에서 빼놓기 어려운 일들, 예를 들어 얼마 전 우리가 그린 인생 그래프의 가장 낮은 곳이나 가장 높은 곳을 차지한 일들을 대부분 공유했으나 살면서 일어난 모든 일을 공유한 것은 아니었다. 그보다 우리에겐 친구가 아닌 상태로 각자 보낸 어린 시절의 결핍을 더 크게 공유한다는 사실이 조금 더 중요했을지도 모르겠다.

8.

한 번쯤은 지겨울 정도로 아무것도 하지 않고 가만히 있고 싶어. 정말 당분간만, 아니 단 며칠만이라도 그렇게 살아 보고 싶어. 이민을 가고 싶지만 현실적으로 불가능하니까. 계절마다 우리 집에 찾아오는 내 친구는 종종 그렇게 말하곤 했다. 내 친구의 마음에 대해서는 그것이 크든 작든 웬만한 것은 이해할 수 있었다. 그냥 그렇다니까 그렇다고 생각하거나, 음, 말하자면 좀 자유롭고 싶다는 것인가? 생각해 보는 것. 그러니까 내 친구에게 너 혹시 무슨 일 있어?라고 물으면 숨이 막혀오는 일들에 대해 말하던 장면. 아니 좀 전까진 잘 지냈다면서? 물으면, 너무 사소한 일들이지? 되물으면서 종교는 없지만 충북 옥천에 있다는 나라에서 가장 작은 교회당에 가보고 싶다고 말하던 장면을 떠올리는 것이다. 누군가 같은 자리에 늘 있는다는 것은 정말 가만히만 있다고 해서 가능한 일은 아닐지도 모르겠다. 아무것도 하지 않는다는 건 애초에 가능하지 않고, 겉으론 어때 보일지 몰라도 속으론 최선의 힘으로 버티는 것일지도 모르니까.

우리는 각자 대학을 졸업하고 짧게든 길게든 서너 번 직업을 바꿔왔다. 내 친구는 최근 그만둔 그 일, 가장 오랫동안 했던 일에 대해서…… 그 일의 마지막에 대해서 누구보다 절망했을 것 같았다. 하지만 기댈 데가 딱히 없는 상황에서 밥은 먹고 살아야 하기에 먼저 그만둘 수는 없었다. 어떤 것에 대해 너무 많이 알면(안다고 여기면) 또 너무 많은 오류가 동시에 쌓이기도 하잖아. 어디? 충북 옥천? 나는 불현듯 이부자리를 박차고 일어나 휴대폰 메신저로 내 친구에게 우리가 함께하게 될 첫 여행을 제안했다. 진짜 가? 메신저 대화창 너머로 약간의 머뭇거림을 느꼈으나 내 친구는 결국 수락했다. 물론 그때 중요했던 것은 우리가 가진 여행에 대한 의지가 아니었다. 무엇보다 내 어머니의 휴일에 맞춰야 했다.

9.

그로부터 얼마 뒤 평년기온보다 날이 좀 포근해졌을 때 내 친구는 기차표를 예매하는 과정에서 실수를 했다. 우리가 계획한 출발 날짜의 전날 표를 예매한 것이다. 나는 내 친구에게 '심리학자가 추천하는 정신 건강에 좋은 행동들'의 링크를 보냈다. 그러자 이왕 이렇게 된 거 곧 우리 집으로 출발하겠다는 대답이 돌아왔다. 내 친구는 이미 안경을 챙겨놓았기 때문에 우리 집에 머무는 것은 며칠이든 문제없었다.

나는 내 친구를 마중하기 위해 집을 나섰다. 겨울 논 위에는 랩핑해 둔 볏짚들이 있었고 나는 반파된 전봇대와 그 앞에 찌그러진 채 멈춰 선 자동차를 지났고 안전모가 떨어져 있는 녹슨 컨테이너를 지났다. 이주민 지원 센터 앞에서 지난번 빨래방에서 만난 주유소 아주머니를 만났다.

잘 지냈어요?

네. 잘 지내셨어요?

네.

바쁘지 않으면 잠깐만 도와줄래요?

잠깐은 돼요.

나는 정답이 없는 질문에 대답하는 것을 어려워하는 편이었고 아주머니를 따라 빨래방에 가서 세탁 설정을 도왔다. 그런 뒤엔 동전 교환기가 아주머니의 동전 만 원을 먹는 것을 보게 되었고 유선상으로 해결이 안 되기에, 네, 제가 옆에서 봤어요, 잠시 후 도착한 빨래방 주인에게 본 대로 대답했다. 아주머니가 만 원을 돌려받는 것까지 보고서 가려는데 아주머니가 커피를 사겠다고 했다. 나는 마음은 감사하지만 친구를 마중해야 해서 시간이 없다고 말했고 아주머니는 내 친구의 커피까지 사 주겠다고 말했다. 난 아메리카노와 바닐라라테를 들고 내 친구를 기다렸다.

어떤 것 마실래?

글쎄, 네가 정해. 나는 다 좋아.

여기 바닐라라테는 시럽을 직접 만들어.

그래? 아무튼 난 다 좋아.

다행이었다. 내 친구의 표정은 전보다 밝아 보였다. 그래도 난 속으로 조금 걱정했다. 겉으로는 평온해 보여도 속은 시끄러울 수 있으니까. 바닐라라테를 한 모금 마신 내 친구는 내게 새로 알게 된 채소 구독 사이트에 대해 알려주었다. 상품 가치가 조금 떨어지는 유기농 채소들을 높지 않은 가격에 일정 기간마다 배송해 준다는 설명이었다. 야채인지 채소인지가 말이야, 정말 맛있어. 차원이 달라. 선호하지 않는 종류는 뺄 수도 있고 랜덤으로 배달이 오면 그것에 맞춰 메뉴를 정하면 된다는 이야기. 덧붙여서 했던 이야기는 일 때문에 1년에 한두 번 따뜻한 지역을 방문했던 것 외에 자발적 여행은 몇 년 만이라는 것이었다.

언젠가부터 집 밖을 나서면 약간의 긴장감이랄지 피로감이 드는데 여기만 오면 편안한 기분이 든다. 일상을 벗어나는 게 여행이라면 나는 편안하려고 여행을 하는 것 같고. 그러니까 내가 귀찮음과 무기력의 차이를 드디어 나의 기분으로 구분할 수 있게 됐을 때 난 내가 제목이 똑같은 책 세 권과 운전면허 필기시험 문제집을 가지고 있다는 걸 알게 되었지.

오늘 내 친구는 말이 정말 많았고 갑자기 운전면허라니 무슨 맥락이지? 생각했지만, 그러고 보니 나 역시 내 친구가 사는 동네에 다녀오면 그런 기분이 남곤 했다. 내가 가진 속도로 내 보폭에 맞춰서 적당한 에너지를 쓰고 조금씩 천천히 걸어가는 기분.

나는 안심했고, 우리는 철조망을 따라 걸었다. 눈이 내린 뒤로 한동안 온화한 기온이었다는 기억인데 도로를 제외한 곳들엔 군데군데 쌓인 눈이 그대로 있었다. 왜인지 도통 녹질 않네, 생각하는 사이 조금 멀리 떨어진 곳에서 집을 짓고 있는 두 사람을 보았다. 내 친구와 나는 한때 운이 무척 좋았던 적도 있었다.

이유를 잘 살펴보지 않으면 왜 그러나 싶어 보일 수 있지만 가끔 빼곡한 산에 있는 나무들을 베어내는 이유가 나무들을 위해서라고 하기에, 내 친구와 나는 집에 짐을 내려두고 민통선 전망대에 올랐다가 노을이 질 무렵에 다시 집으로 향했다. 용케 그 일정을 모두 소화했다. 도로를 따라 이어진 길이 갈라지기 시작하는 부근에서는 마을을 떠나는 철새 무리를 보았다.

뭐 하고 지냈어?

바빴어. 1년간 미뤄두기만 했던 책장 정리를 했고, 기타 학원에 다니기 시작했고 스스로 음식을 만들어 먹기 시작했어.

많은 것을 했네.

응. 할 일을 미뤄두면 저절로 바빠져.

그래서 내가 늘 그렇게 바쁜가, 생각할 때,

그동안 생각만 하고 하지 않던 일들이었어. 꼭 해낼 필요도 포기할 필요도 없는 일들. 그냥 하면 되는 일들.

내 친구가 말했다. 기타 학원은 네 번 중에 두 번 결석을 했는데, 그걸 무심코 한 친구한테 말했다가 태도에 대한 지적을 받았다고 한다. 그래도 지금의 나로서는 시도했다는 자체만으로도 만족하는데, 왜 그럴까. 내 친구는 의문을 가진 채로 소원을 비는 돌탑 앞에 멈춰 섰다.

하나가 더 올라갈까.

모르겠는데.

다른 사람들 것까지 무너뜨리면 안 되잖아.

내 친구는 목장으로 향하는 입구에 쌓인 돌탑들을 바라보며 골똘히 생각에 잠겼다. 그러고는 작은 돌 하나를 주워 들었다. 이렇게 훌쩍 먼 곳으로 떠나려는 것도 우리가 하지 않는 일들 중 하나였다. 잠깐 얼굴만 보자고 하고 만나서 이삼일

씩 논 적은 많았다. 우리는 놀 때 속도가 누구보다 잘 맞았고 평상시엔 다소 차분한 성향이었지만 정신을 차려보면 비슷한 표정으로 웃다가 비슷한 시간에 드러눕곤 했다.

그 채소 사이트 구독할 거야?

아마도.

거기 진짜 추천이야.

내 어머니와 나는 농사를 짓지 않기 때문에 고마운 정보였다. 나는 기쁘고 건강하게 살고 싶다고 생각했고 어머니에게 연락해서 오늘 하루 이모 집에서 자고 와달라고 부탁했다.

해가 질 무렵 집에 도착했다. 준비한 에너지가 모두 소진되어 우리는 잠시 누워서 쉬었다. 근처에서 종소리가 들려올 때 나는 내 친구에게 말했다. 집에 닭 다리살을 사다 놨는데, 소금구이로 할래, 닭갈비로 할래? 참고로 요리는 네가 하는 거야. 내 친구는 그때까지 손에 쥐고 있던 작은 돌을 오래된 교자상에 올려놓았다.

어머니가 원래 헤이즈를 좋아하셨나?

부엌 냉장고에 헤이즈의 광고 사진이 붙어 있었다.

아, 그렇기도 하고, 그거 엽서야.

내 어머니가 누군가에게 급히 편지를 쓸 일이 있을지도 모른다며 붙여놓은 것이었다.

10.

오이는 어젯밤 내 친구와 나 사이에서 잤다.

혹시 옥천은 다음에 가지 않을래?

정말 좋은 생각이야.

우리는 그 상태 그대로 기차표를 취소하고 점심 무렵까지 누워 있다가 이웃 마을에서 열리는 오일장에 갔다. 모두가 활기찬 모습이어서 나 같은 사람은 못할 일 같았다. 우리는 상추 모종만 몇 개 사서 다시 마을로 돌아왔다.

빵꾸?

빵꾸.

버스 정류장 앞 자전거 가게 앞에서 주인과 손님이 나누는 짧은 대화가 끝났을 때 우리는 바뀐 신호를 확인하고 횡단보도를 건넜다. 교자상을 만들거나 파는 상점 옆에 있는 라면가게에선 라면과 돈가스를 팔았다. 오픈은 새벽 4시 30분. 그때부터 5시 30분까지 가장 많은 손님들이 몰려든다. 가게 안에선 약하게 틀어둔 난로를 둘러싸고 개와 고양이들이 쉬고 있었다. 우리는 라면과 돈가스와 맥주 두 병을 먹었다.

어제 잘 쉬었어요?

휘파람을 불며 가게 안으로 들어온 아주머니가 긴 머리를 묶은 직원에게 말을 걸었다.

네, 잘 쉬었어요.

뭐 하고 쉬었어요.

집에서.

직원이 웃으며 대답했고 아주머니는 직원에게 사과와 배가 든 적당한 크기의 봉투를 건넸다. 직원은 봉투를 받아 들었고 달팽이의 이빨은 2만 개쯤 된다고 아주머니에게 말했다. 아주머니는 순한 맛의 라면을 주문했다.

우리는 음식값을 지불하고 가게 옆 편의점으로 갔다. 아침 안개가 개지 않은 듯 뿌연 한낮의 편의점엔 4개의 테이블이 있었다. 마을을 지나는 유일한 버스와 건축 자재를 실은 트럭들이 줄지어 도로를 지났다. 내 친구와 나는 바나나우유를 마시며 건너편 공터를 바라보았다. 세 명의 청소년이 공 없이 농구를 하고 있었다. 농구를 하려고 모였는데 공이 없다. 공 없이 농구를 한다. 달리 이유가 뭐가 있겠어. 너무 하고 싶어서겠지. 우리는 테이블에 앉아 늦겨울과 초봄의 경계에 선 햇살을 쬐었다. 페도라를 쓴 한 사람이 다 읽은 신문을 내려놓자 간격을 조금 띄우고 앉아 있던 한 사람이 혹시 제가 좀 읽어도 될까요, 라고 묻는 것을 보았고 신문을 넘겨받는 것을 보았다. 안 돌려주셔도 됩니다. 그 사람은 그렇게 말하고 자리에서 일어났다. 4개의 테이블은 꽉 차 있었고 아는 얼굴이 있어 짧은 인사를 나누었다. 지난주에 눈 많이 와서 진짜 좋았어요. 저는 한국에서 눈을 처음 봤잖아요. 그가 내게 말했다. 난 웃었다. 그 뒤로는 별말 없이 농구를 하는 청소년들을 바라봤다. 간간이 다른 테이블에서 나누는 대화가 들려왔다.

뭐 하다가 왔니.

학교 끝나고서 까마귀를 보다가 왔어요.

그래.

우체국 스프?

소포.

저희 할아버지는 뱃공사예요.

뱃사공.

아하.

그 어린이는 아하, 라고 말한 뒤에 스프를 소포로, 뱃공사를 뱃사공으로 정정해 알려준 아주머니에게 장수풍뎅이의 종류와 베트남의 놀이공원에 대해 알려주었다. 그 어린이의 말이 끝나기 전에 내 친구가 내게 물었다.

내가…… 다른 일을 할 수 있을까.

다른 일…… 할 수 있지. 할 수는 있는데…….

난 이제 어떻게 살아야 할까.

어떤 일을 하면서. 내 친구가 덧붙여 말했고 나는 2년 전의 나를 떠올렸다. 난 늘 어떻게 살지를 궁금해하곤 했다. 매일은 아니더라도 될 수 있으면 그런 걸 좀 생각해 두면 좋겠다. 될 수 있으면, 아무래도 그런 걸.

생각해 봤는데, 돈도 돈이지만 아무래도 난 저 세 명의 청소년들을 웃게 해줄 수 있는 일을 하고 싶어. 네가 지금의 일을 찾았듯이.

내 친구가 말했다. 될 수 있으면 그랬으면 좋겠다고 난 생각했다. 내 친구는 긴 생각에 빠진 듯, 맞은편에서 여전히 에어 농구를 하는 청소년들을 바라보았다.

서두르지는 않을거야.

그 말을 끝으로 얼마간의 시간이 흐르고 하나둘, 교복이 든 쇼핑백을 든 사람들이 우리 앞을 지나갔고 그중 몇 팀은 우리 앞을 지나 라면 가게로 들어갔다. 열 팀 넘게 같은 광경을 목격하고 나서야 우리는 내일이 마을에 하나 있는 중학교의 입학식이라는 것을 알았다.

아, 다행히 여기 계셨구나. 안경 두고 가셨어요.

내 친구와 내가 자리에서 일어났을 때 라면 가게 주인이 다가와서 말했다. 난 안경을 받았다. 힌지 부분이 고장 나 균형이 맞지 않지만 너무나 익숙해진, 오래된 안경이었다.

오, 감사합니다.

주인은 고개를 끄덕이며 가게로 돌아갔다. 안경을 쓴 채 잠이 들면 늘 조심스럽게 안경을 벗겨 머리맡에 놓아주곤 했던 태훈이 문득 떠올랐다.

내 무릎 좀 만져봐.

응?

내 무릎.

난 내 친구의 무릎을 만져보았다.

좀 차갑지?

응. 무릎의 온도가 확실히 낮네.

이상하단 말이야.

병원에 가봐야 하는 거 아냐?

귀찮네.

일단 집에 가서 좀 쉬자.

좋아.

내 친구는 접어 올렸던 바짓단을 내렸고 우리는 집을 향해 걷기 시작했다. '오이 식사 챙겨 주었음. 안 줘도 됨.' 어머니의 메모가 냉장고에 붙어 있었다. 내 친구는 렌즈를 빼고 안경을 썼다. 그리고 우리는 침대에 나란히 누워 옥천에 위치한 나라에서 가장 작은 교회당과 플로리다의 어느 해변을 찍은 다큐멘터리를 보며 시간을 보냈다.

병원 꼭 가봐.

너도 안경 꼭 사.

그런 대화가 오가는 사이, 우리 사이에는 오이가 있었다. 나는 수많은 내적 갈등 끝에 자리에서 일어나 초코쿠키와 녹

차 맛 아이스크림이 담긴 쟁반을 가져왔다. 내 친구가 가장 좋아하는 조합의 간식이고, 그해 우리가 함께 입학한 중학교의 졸업생은 27명이었다.

그리고 또 어디 가고 싶은 데 있어?

서울재즈페스티벌.

가자.

내 친구와 나는 지그시 서로를 바라보았다.

누가 읽어줄까 모르겠으나, 나는 늘 나 같은 사람에 대해 속 시원히 써보는 것이 소원이었다. 하지만 번번이 실패했다고 느꼈다. 그러던 중 드디어 이런 순간이 왔고, 나는 주저 없이 **ISFP**를 선택했다. 실행에 옮길 리는 전혀 없다는 걸 너무 잘 알고 있지만 한국을 뜨고 싶어 하던 몇 년 전의 나와, 몇 개월 전 계약 당시의 나는 **ISFP**였다. S

소설을 쓰는 도중, 도저히 안 되겠다 생각했다. 나는 다른 **ISFP**의 인간을 찾았다.

오랜 친구 차차는 내게, "나 자신을 가장 잘 아는 것도 나지만, 내게 가장 편견을 가진 것도 나일 수 있다"라는 말을 해준 적이 있다. **MBTI** 검사가 자기 보고식이기 때문일 것이다. 그리하여 난 그때그때의 괴로움에서 벗어날 수 있었다.

I

F

P

리얼리티 관찰 프로그램을 찍는다면 통편집이 될 것만 같던 내 삶은, 어떠한 일로 인해 전에 없는 분량을 뽑아냈다. 그래서 다시 검사했다. **ESTP**가 나오리라 예상했다. **ISFP**가 나왔다. 서서히, 이전의 고요한 일상으로 돌아오고 있다는 걸 알고는 있었다. 길게 잡아당겼다가 놓은 스프링이 다시 자기 자리를 찾는 것처럼. ('스프링'에 비유한 것도 차차의 말이다.)

이주란 **소설집 《모두 다른 아버지》,**
《한 사람을 위한 마음》, 《별일은 없고요?》,
장편소설 《수면 아래》와
중편소설 《어느 날의 나》가 있다.

ESFJ

최미래

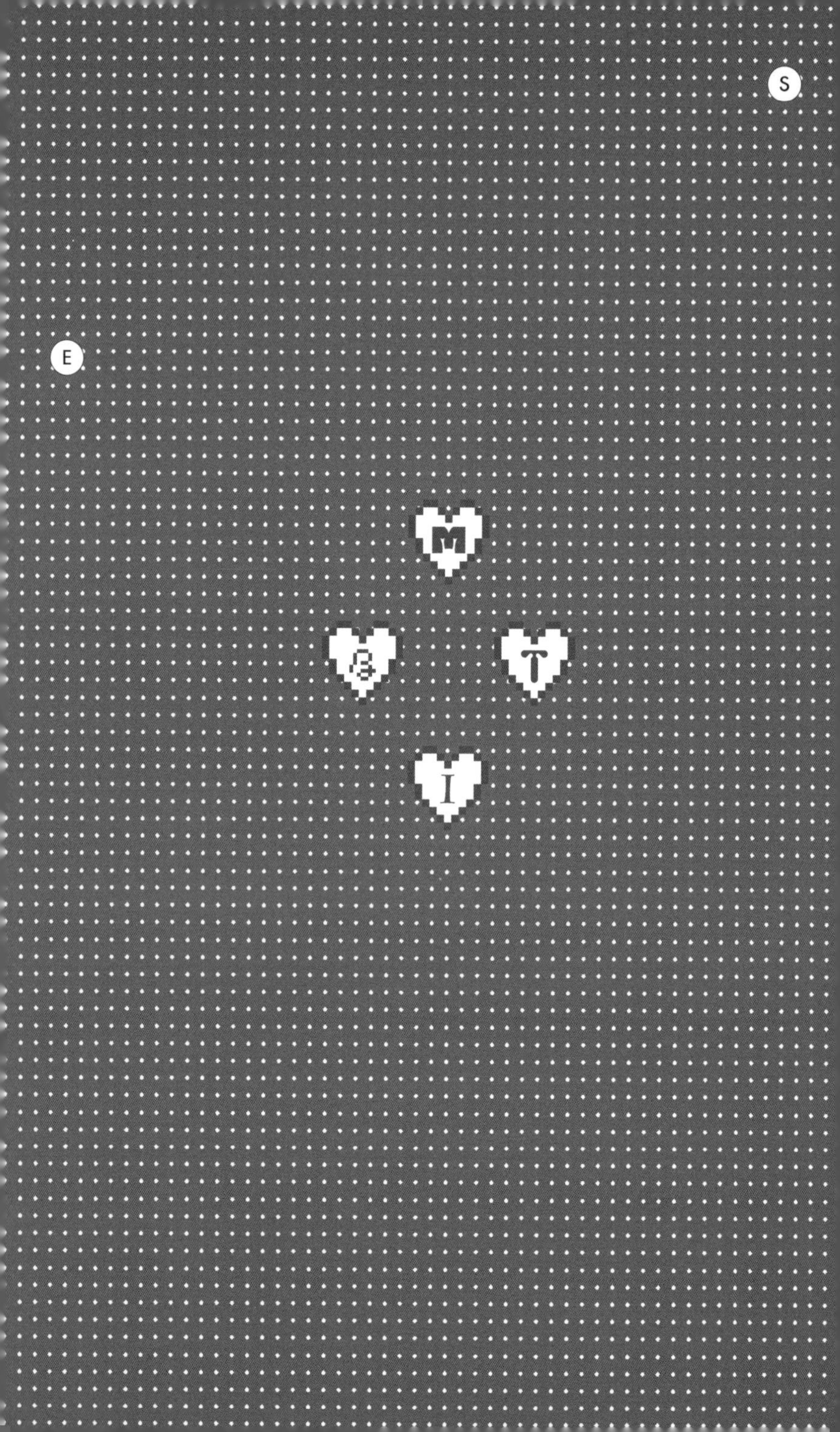
S
E
M
E
T
I

양지바른 곳

왜 장난을 치지 않는 거지, 왜 말이 없지, 왜 소리 내어 웃기는커녕 미소조차 짓지 않는 걸까. 이런 생각을 열댓 번쯤 하다가 잠이 들었다. 김서정은 장난도 말도 미소도 없는 채로 내리 운전만 했다. 중간중간 잠에서 덜 깬 채 흐릿한 시야로 바라보면 여전히 무감한 얼굴로 운전에 집중하고 있었다. 아침 겸 점심을 먹고 이른 시간에 출발했는데도 도착하니 늦은 밤이었다. 이렇게 깊은 산속에 펜션이라니 용케 망하지 않았구나, 취미로 운영하는 게 분명하지 않을까 따위의 생각을 하며 차에서 내렸다. 게스트 하우스는 별장으로 쓰던 산장을 개조한 듯했다. 통나무로 만들어진 외관과 벽난로가 여느 산이나 스키장에서 본 것과 비슷했다. 김서정과 나는 몇 번이나 차와 게스트 하우스를 오가며 짐을 날랐다. 제일 가까운 슈퍼마켓마저 산길, 비포장도로를 달려 30분은 족히 걸린다는 말을 듣고 식료품을 잔뜩 싸 온 탓이었다. 김서정은 짐을 나르는 와중에도 말이 없었다. 으쌰, 라든가 아자, 같이 힘을 주는 추임새도 내지 않았다. 옛날에는 겨울의 길가에서 파는 붕어빵만으로 온종일 떠들었는데. 김서정은 사소한 일화 하나 얘기할 때마다 웃다가 화내다가 슬픈 표정을 짓는 애였다. 그게 벌써 몇 년 전이긴 했다.

나보고 사람들이 강아지 같대. 즐겁고 발랄하다고.

함께 아르바이트하던 시절, 그렇게 말하며 김서정은 활짝 웃고 있었다. 참 이상해. 얘는 참 이상하게 밝아. 그래서 가끔 짜증 나기도 했지만 사실은 나도 그런 김서정이 좋았다. 햇살이나 강아지 따위의 별명을 가진 사람은 주변에 따뜻하고 밝은 에너지를 전파했다. 어느 날 김서정은 자신의 MBTI가 뭘 것 같냐고 물었다. 몰라. 우선 맨 앞자리가 E인 건 확실해. 내 대답이 만족스러웠는지 김서정은 부끄러워하면서도 기쁨을 숨기지 않았다. 내가 살면서 본 가장 환한 얼굴이었다. 아르바이트 매장에서 김서정의 MBTI를 모르는 사람은 없었다. 김서정과 친하지 않은 사람도 없었다.

그랬던 김서정은 초연한 얼굴로 짐을 옮기고, 말없이 조금 쉬다가 배낭을 꾸리기 시작했다. 할머니의 친구에게 전할 보자기 꾸러미는 신발장 앞에 두었다. 오랜만에 만나서 그런 건지, 둘이 여행을 온 것이 처음이라 그런 건지 어색하고 삭막했다. 나는 괜히 엊그제 본 뉴스 얘기를 하고 전세대출 연장을 앞두고 있다는 이야기를 꺼내며 삶을 한탄했다. 김서정이 짤막하게 읊조렸다. 그러게 정말 이제 지겨워. 지겨운 인간들. 그렇게 말하는 얼굴이 정말로 지겨워 보여서 나는 입을 다물었다. 솔직히 나는 김서정을 밝다 못해 멍청하다고 생각한 적이 많았다. 누가 봐도 개나 소 같은 사람들이 하는 허튼소리를 일일이 다 들어주고 고개를 끄덕여 주었으니까. 이제 김서정은 밝지 않고 멍청하지 않고 환하게 웃지 않았다. 무엇이 김서정을 웃지 않게 만들었을까. 살다 보면 다 그렇게 되는 건가. 별별 사람을 다 보게 되고 겪게 되고 사람이라는 게 지겨워지는 데까지 이르는 것. 살다 보면 모두가 그렇게 되는가 보다 생각하고 말았다. 김서정 할머니의 친구인 조황주는 절에서 지낸다고 했나, 산에서 홀로 자연인처럼 산다고 했었나. 차가 들어올 수 있는 건 시골 마을에서도 한참을 들어온 산골짜기의 게스트 하우스까지였다. 내일은 깊은 산속을 걸어 올라야 했다. 나는 배낭을 간소하게 챙겼다. 조황주를 위한 꾸러미는 은은한 황금색 보자기로 싸여 있었다. 누가 묶었는지 한눈에 보기에도 매듭이 단단했다.

황금색 보자기 안에는 피 혹은 현금이 들었을 확률이 높았다. 흡혈귀, 아니 흡혈인 조황주는 얼마 전 막 깨어났다고 했다. 근데 듣고 보니 이상해. 왜 흡혈귀가 아니라 흡혈인이라고 부르냐고 묻는 내 말에 김서정은 곰곰이 고민하다가 대답했다.

귀신이 아니니까.

남들 살아가는 시간 내내 잠들어 있었으면 인간도 아니지.

뭐 그건 그렇지만.

김서정 할머니의 친구인 조황주는 그러면 몇 살인 걸까. 김서정네 할머니 또래인가 아니면 훨씬 더 나이가 많은가, 영화에 나오는 뱀파이어처럼 피부가 창백하고 아주 힘이 센 할머니일까. 상상을 거듭할수록 조황주는 내 머릿속에서 더욱 더 인간 같지 않은 모습이 되어갔다. 조황주가 정말 뱀파이어, 아니 흡혈귀든 흡혈인이든 뭐든 그건 별로 중요하지 않았다. 나는 여행이 필요했다. 최근 퇴사를 했고 그와 동시에 전세금 대출 이자가 두 배 이상 올라버렸다. 그렇다고 나가서 살 수는 없으니 대출 연장을 안 할 수도 없었다. 월세나 전세 대출금 이자나 거기서 거기지만 월세로 살 수는 없었다. 이러지도 저러지도 못하고, 매달 얼마 모이지 않는 통장을 보면 다음을 계획할 마음이 싹 가셨다. 서울에는 내가 들어갈 집도 회사도 없는 것 같았다. 나는 완전히 지쳤고 여행을 가고 싶었다. 하지만 여행을 가려면 큰돈을 써야 하지. 그러니 여행도 미루고 기쁨도 미루었다.

함께 가주면 좋겠다는 김서정의 제안은 일종의 협박처

럼 느껴졌다. 간결하고 담담하지만 어딘가 절박한 목소리가 F 그랬다. 네가 나와 함께 가주지 않으면, 그래서 내가 죽어버리면 네 탓도 조금은 있다는 함의가 담긴 듯이. 김서정에게는 아닌 밤중에 홍두깨라는 별명이 있었고, 그날도 어김없이 밤중에 문득 연락을 해왔다. 평소와 다른 점이라면 징징거림이 덜했으며 목소리가 유난히 맑았다. 바람 소리 때문에 새벽 공기 특유의 청량함이 휴대폰 너머로 전해졌다. 김서정은 여느 때와 같이 '나 죽을까?' 하고 말했다. 나는 여느 때처럼 아직 안 죽었냐며 웃었다. 우리는 아르바이트 하다가 만난 사이가 대부분 그러하듯이 종종 따로 만나다가 아예 만나지 않게 되었는데, 김서정은 살다가 문득 연락을 해오거나 나를 찾아왔다. 바쁘고 귀찮아 무시하고 미룬 적이 여러 번이었지만 이번에는 무언가 달랐다. 이대로 전화를 끊어서는 안 된다는 직감. J 여행이라고 치자. 멀리 떠났다가 돌아오는 일은 연달아 벌어지는 액운을 끊어줄 거야. 나는 아닌 밤중에 홍두깨에게 속는 느낌으로, 스스로를 속이는 기분으로 여행 겸 제안을 받아들였다.

흡혈인 조황주에 대한 이야기는 김서정에게 몇 번 들은 적이 있었다. 밤에 만나 라면과 맥주를 먹으며 올해까지만 버티고 내년부터는 하고 싶은 거 다 하면서 살자니 어쩌니 취해서 떠들던 때. 김서정의 할머니가 김서정에게, 그리고 김서정이 내게 전달한 흡혈인의 역사는 이러했다.

흡혈인은 아주 오래전부터 있었고, 이들의 존재는 말 못 할 금기나 비밀이 아니었다. 충청도든 전라도든 나이 든 사람이라면 흡혈인을 공공연하게 알고 있었다. 양로원에 연예인 사진 가져가 봐. 옛날부터 살아온 사람들은 얘, 얘 하고 정확하게 짚어낸다고들. 김서정의 할머니는 그렇게 김서정을 설득했다. 설득했다기보다 왜 당연한 걸 의심하냐, 늙었다고 무시하냐며 화를 냈다. 그러면 왜 우리 주변에서는 안 보이는 건가요? 어정쩡하니까. 귀신은 아닌데 인간도 분명히 아니니까. 그리고 피를 먹는다는 게 좀 께름칙하잖아. 그냥 쉬쉬한 거지. 모든 게 다 그렇잖니. 단점이나 장점이나. 일부러 들추면 있는 거지만, 없는 듯 조용히 있으면 있던 것도 없는 것처럼 되는 거야. 일리가 있는 말이었다.

근데 참 이상하지. 옛날에는 그래도 두 다리 세 다리 건너면 있을 정도로 흡혈인이 그렇게 적지 않았대. 근데 점점 그 수가 줄어들어서 이제는 다섯 다리 건너도 없대. 남아 있는 흡혈인이 몇이나 되는지 어디서 뭐 하고 사는지 도통 알 수가 없대. 이상하잖아 늙어 죽지도 않는데 그 수가 줄어드는 게. 식생활이 특이하니 눈에 띄고, 사람들이 은근히 거리를 두고 관찰하니까 자기들끼리 모여 사는 마을이 있어. 낮에는 무덤가

처럼 조용하고 해가 지는 저녁부터 슬그머니 깨어나는 마을. 깊은 새벽에 조명을 켜두어서 밤에는 오히려 그 마을만 눈이 부시대.

맥주를 한잔한 뒤라서 그런지 김서정은 들뜬 표정으로 말했다. 흡혈인 이야기는 흡사 전설의 동물이나 멸종위기종 같은 느낌이었지. 그때 나는 한 치의 의심도 없이 흡혈인 이야기를 믿었다. 김서정의 감정이 고스란히 전해졌기 때문이었다. 흡혈인 조황주는 10년 가까이 연락이 끊어져 죽은 줄로만 알았는데 최근 김서정 할머니에게 연락을 해왔다. 죽은 게 아니라 잠들었다가 깨어난 것뿐이라고 했다. 그렇게 오랜 시간 잠들었다가 깨어나면 개운하려나. 두통이 있지는 않으려나. 김서정은 할머니의 심부름을 하고, 나는 이를 핑계 삼아 흡혈인도 보고 여행도 하고. 흡혈인이 모여 산다는 마을. 우리는 내일 아침 일찍 일어나 그곳으로 간다.

조용히 물건을 정리하는 김서정을 두고 밖으로 나왔다. 공기가 차가웠다. 깨끗하고 밀도 높은 시골의 어둠. 맑고 깊은 우물 가장 밑바닥에 서 있는 것 같았다. 어둠이 눈에 익으니 저 멀리 낮은 지붕의 집들이 보였다. 집의 실루엣이 어렴풋이 짐작 갈 뿐, 사람이 살고 있는 집과 그렇지 않은 집을 구별할 수는 없었다. 이 동네는 사람이 살지 않는 빈집이 많다고 들었다. 젊은 사람들은 원래도 잘 없었고, 여기서 살다가 노인이 된 이들은 동네를 떠나거나 세상을 떠났다. 수레나 농기구, 가재도구를 그대로 둔 채 떠난 이도 많다고 했다. 내가 이곳에 와서 살까. 사람이 살고 있지 않은 집 가운데 가장 마음에 드는 집을 골라 들어가는 것이다. 원래 그 집에 살던 사람처럼 마당을 쓸고, 여기저기 일을 도와준 뒤 야채와 쌀을 얻고, 매달린 채 썩기 직전인 홍시를 따 먹으면서. 이곳은 일손도 부족할 테니 젊다는 이유 하나만으로 나를 환영해 주지 않을까. 무일푼에 잘하는 게 없다고 하더라도. 사실상 잘리다시피 퇴사를 선택한 것은 2주 전이었다. 적당히 적은 월급을 받으면서 글을 쓰고 먹고살기 위해 선택한 직장이었다. 나는 순진하고 오만했다. 직장이야 얼마간 쉬었다가 다시 구하면 그만이었지만 무언가 잃어버린 느낌이 들었다. 내 일부 중에서 무언가 애달픈 부분이 떨어져 나갔고 다시는 되찾지 못할 거라는 직감. 처음에야 떨떠름했지만 그리 아쉽지는 않았다. 글을 쓰지 않는 건 내가 드디어 현실감각을 획득했다는 증거처럼 느껴졌으므로 차라리 다행이었다. 애달픔이라는 건 원래 없는 걸지도 몰랐다.

애달픈 글을 써봐.

그렇게 말한 건 앤스버거에서 햇살, 강아지 역할을 맡았던 몇 년 전의 김서정이었다. 이거 참 애달프다, 애달파. 읽기만 해도 그런 기분이 들게 하는 걸 써보라고. 김서정은 내가 쓴 글을 끝까지 읽어주며 그렇게 말했지만, 그때나 지금이나 나는 애달픔이 뭔지 알 수 없었다. 대학교에 다닐 때 친했던 선배는 언젠가 내게 사람을 너무 좋아하면 마음이 쓸쓸해진다고 말했다. 당시에는 선배가 지독한 사랑을 하고 있는가 보다, 하고 말았다. 이제 와 갑자기 떠오르는 걸 보면 그 마음이 애달픔과 닿아 있는지도 모르겠다.

사람을 너무 좋아하면 마음이 쓸쓸해진다. 나는 이 말을 이해하지 못하고 가슴 한편에 치워두었다. 어쩌면 김서정이라면 이 말을 완벽하게 이해하고 있을 지도. 김서정은 사람을 지나치게 좋아했다. 사람 좋아 사람 너무 좋아. 이렇게 떠들고 다니진 않았지만 공감의 제스처를 취하며 남의 이야기를 허구한 날 듣고 앉아 있었다. 그리고 그 감정을 그대로 끌고 와 내게 전했다. 지원 씨가 이번에 취업했잖아. 근데 사수가 아주 이상한 방법으로 엿을 먹인대. 아무리 머리를 굴려도 사수가 왜 자기한테 그렇게 밉살맞게 구는지 모르겠고 그냥 장난 받아들이듯 웃어넘길 수밖에 없대. 낮에는 회사에서 내내 가짜로 웃고, 집에 돌아온 밤에는 내내 울다 잠든대. 얼마나 마음고생이 심하겠어. 그치? 나는 김서정의 말을 처음에야 고개를 끄덕이며 들었지 나중에는 그마저도 귀찮아졌다. 왜 저렇게 남의 인생에 몰입하는지 이해할 수 없었다. 시간이나 에너지가 남들보다 더 많이 주어진 것도 아니고 그 사람과 별로 친하지도 않은데 왜 그런 걸 다 듣고 오는가. 인생을 대신 살아줄 것도 아니면서 넌 대체 왜 그러냐는 나의 질문에는 항상 같은 대답이 돌아왔다. 내가 ESFJ라서 그래. 김서정이 자기 입으로 사람을 좋아한다고 한 적은 없지만 김서정은 사람을 좋아하지. 누군가의 말을 경청하고 진심으로 이해하는 행위는 그 사람에 대한 애정이 깔려 있어야 가능하니까. 그러니, 사람을 좋아하는 사람 김서정이 '지겨운 인간들'이라고 읊조리듯 뱉었을 때 나는 무척 놀랄 수밖에 없었다. 오랫동안 가슴속에 간직했던 쪽지가 제힘으로 주섬주섬 펼쳐지는 듯했다. 내가 아니라 김서정이 저 말을 하다니. 사람을 사랑하는 힘으로 살던 애가 어쩌다가 인간을 지겨워하게 되었나.

찬바람을 쐬고 들어오니 김서정은 팔짱을 낀 채 소파에 반쯤 누운 자세로 잠들어 있었다. 온종일 운전하고 와서는 쉬지도 않고 피곤했을 것이다. 나는 솜이불을 김서정 몸에 툭 얹어주고 창을 열었다. 긴 시간 사람이 드나들지 않은 집은 공기가 텁텁했다. 흐르지 못한 시간과 미세한 먼지가 고여 있던 냄새. 냉장고에는 캔 맥주가 줄지어 서 있었다. 하여간 참 꼼꼼하고 이상해. 모든 맥주의 상표가 한 방향을 바라보고 있었다. 선반에는 신호등의 빨간불, 노란불, 파란불처럼 일정한 간격으로 놓여 있는 통조림들. 나는 과일 통조림과 참치 통조림 중에서 고민하다가 장조림 캔을 따 안주로 먹었다. 20분 정도 환기를 한 뒤 창 닫는 소리를 듣고 김서정이 깨어났다. 눈 주위가 붉은 것으로 보아 피곤이 가시지 않은 듯했다. 김서정은 휘적휘적 거실을 가로질러 와 내 맥주를 들이켰다.

출출하다. 네 특제 라면 끓여줘.

나의 특제 라면이란 우리가 만나는 밤마다 맥주 안주로 먹었던 라면을 뜻했다. 나는 물을 정량보다 조금 적게, 버섯과 미나리를 잔뜩 넣고 강불로 라면을 끓였다. 향긋한 미나리와 짭짤하고 매콤한 국물은 차가운 맥주와 잘 어울렸다. 내가 라면을 끓이는 동안 김서정은 벽난로에 불을 지피고 텔레비전을 켰다. 타오르는 불 앞에서 맥주를 들이켜니 서울에서 멀리 떠나왔다는 실감이 났다. 텔레비전에서는 옛날에 인기를 얻었던 영화가 재방영되고 있었다. 너무 유명해서 김서정도 나도 그 내용을 전부 알고 있었다. 하지만 우리는 마치 이 영화를 처음 보는 사람들처럼 약간 긴장한 채로, 인물들이 처한 상황을 걱정하면서 맥주로 목을 축였다. 벽난로의 열기 때문일까 빈속에 들이부은 맥주 때문일까, 얼굴에 열감이 올라왔다. 특제 라면은 김서정이 내 자취방에 찾아올 때만 만들어 먹었다. 김서정이 자기가 사는 동네에서 멀리 떨어진 우리 집까지 올 때는 그때마다 이유가 있었다. 매운 음식을 즐겨 먹지 않는 김서정에게 매콤한 라면이 필요한 건 속이 미어터질 때뿐이니까. 나는 울 것 같은 얼굴로 찾아오던 김서정의 입을 막았다. 나도 요새 힘들어. 그런 얘기 들을 힘이 없어. 그렇게 말한 이후에도 김서정은 내게 연락을 하고 우리 집에 왔다. 할 말이 있는 것 같은 얼굴로 찾아와 라면만 먹고 돌아가는 날도 가끔 있었다. 그때의 여파가 지금의 김서정을 만드는 데 한몫 거들었을까? 김서정은 라면이 매운지 혀를 식히면서 쉼 없이 맥주를 들이켰다. 맥주 먹으면 더 매워. 나는 컵에 물을 떠서 김서정 앞에 놓아주었다. 영화는 절정을 찍고 우스운 끝을 맺었다. 우리는 영화가 장면마다 의도한 대로 착실하게 놀라고, 감동하고, 마지막에는 깔깔 웃었다. 김서정은 피로가 몰려오는 것인지 긴 하품을 했다. 그리고 내가 남긴 장조림을 싹 긁어 먹으며 말했다.

나 헤어졌다. 점장님이랑.

나는 작게 응, 대답하고 왜 헤어졌는지 묻지 않았다. 앤스버거 점장님은 김서정과 나이 차가 아주 많이 나던 사람이었고, 나는 그 사람과 김서정의 연애를 달가워하지 않았다. 사실은 대놓고 싫어했는데 두 사람의 나이 차가 많이 나기 때문은 아니었다. 그 사람이 싫었고, 그 사람에 대해 고민하는 김서정을 보는 게 싫었지. 그래서 연애 얘기는 아예 꺼내지 말라고 했다. 말하지 않으면 점장님은 김서정과 나의 세계에 없는

사람이 되었다. 말하지 않으면 김서정의 고민은 내게 없는 일
F 이 되었다.

먼저 씻고 나오니 김서정은 소파에 등을 기대고 앉아 선잠이 들어 있었다. 내가 상을 치우는 동안 김서정은 어영부영 일어나 겨우 씻으러 갔다. 보디 워시 냄새 참 좋다. 비싼 거니까, 당연하지. 금방 잠들 줄 알았는데 각자의 이부자리에 누우니까 시시콜콜한 얘기도 재밌게 느껴졌고, 그렇구나 저렇구나 걔는 결혼했고, 쟤는 아이를 낳았구나. 그동안 지내온 이야기를 나누다가 누가 먼저라고 할 거 없이 잠이 들었다.

운동복 차림의 김서정이 저 멀리서 뛰듯이 걸어왔다. 너는 도대체가 안 피곤해? 피곤해서 평소보다 두 시간 더 늦게
일어났어. 나는 고개를 젓고 아직 온기가 남아 있는 커피를 한 J
모금 더 마셨다. 날씨가 좋았다. 입김이 나왔지만 햇볕이 따스했다. 나갈 채비를 하고, 어제 미리 준비한 배낭을 멨다. 김서정은 조황주에게 줄 보자기 꾸러미를 잊지 않고 챙겼다. 나는 어제 꿈속에서 이사를 했다. 해가 잘 드는 집이었다. 햇빛이 창문의 모양 그대로 바닥에 드리웠고, 나는 그 위에 누워서 잠들었다. 김서정은 내 꿈이 길몽이라고 했다. 집에 해가 잘 드는 꿈은 경사를 의미한대. 기쁜 소식이 올 거야. 분명 편안한 꿈이긴 했지만 기쁜 일이 일어날 것 같지는 같았다. 꿈속에서

나는 구멍 난 양말을 신고 있었다. 구멍 난 양말을 의식하면서 얕고 긴 잠을 잤다. 김서정과 나는 서로 네가 먼저 잠들었다느니 이야기하며 걸었다. 물론 내가 더 늦게까지 깨어 있던 게 확실했다.

바위나 돌 같은 장애물은 적었지만, 전반적으로 경사가 꽤 높은 산이었다. 사람들이 잘 찾지 않는 산이어서 그런지 산길 또한 가늘고 좁았다. 사람이 아니라 사슴이 걸어가기에 더 적합할 듯했다. 김서정이 약도를 쥐고 앞서 걸었다. 나는 그 뒤를 쫓았다. 한 시간 반 정도 걸었을까. 하지만 시계를 보니 출발한 지 약 40분밖에 지나지 않았다. 우리는 급격히 말이 줄었다. 이른 오후였는데 산속이 어두웠다. 올려다본 하늘은 나뭇잎으로 덮여 해가 없었다. 열이 오르고 식기를 반복했다. 땀이 식으면 손이 시려웠고, 숨을 들이마실 때마다 몸에 한기가 들었다. 보자기 꾸러미는 김서정의 품에 있었다가 내 품에 있었다가 김서정의 왼손과 오른손을 오갔다. 갓난아기만 한 크기의 꾸러미를 안아 들면 무언가 비밀스러운 일을 꾸미는 기분이 들었다. 흡혈인은 추위도 안 타고 잠이 들지도 않는다던데. 그러면 집이 필요 없지 않을까. 어쩌면 나무 위에서 유유자적하게 살아도 상관없을지 몰랐다. 월 대출이자만 아껴도 살 만하겠다. 살아갈 맛이 생기겠어. 잠을 안 자도 되면 그 시간에 남들보다 돈을 더 벌 수 있고 글도 잔뜩 쓸 수 있고. 그러고 보니 이게 가능한가 싶을 정도로 많은 분량의 글을 쓰는 작가들이 있던데, 혹시 흡혈인이었나. 바쁜 시간 쪼개서 제대로 잠도 못 자며 글을 쓴다고 인터뷰했던 몇몇 작가들의 얼굴이 떠올랐다. 하나같이 볼이 탱탱하고 피부에 광이 돌았다. 그거였네. 사람들이 잘 시간에 글을 쓰면 가능하겠네. 그렇네. 그럴듯한 생각을 하다 보니 앞서 걷던 김서정이 걸음을 멈춘 것을 보지 못하고 그대로 김서정의 등에 얼굴을 박아버렸다.

뭐 해?

힘들어서.

그거 줘 이제 내가 들게.

아니 근데, 힘들기도 한데 힘든 것보다 지금 좀 길이 안 맞아.

정말로 힘이 드는지 김서정의 왼손이 떨리고 있었다. 뺏어 든 약도에는 일곱 살 아이가 그렸다고 해도 믿길 정도로 조악한 그림이 네임펜으로 그려져 있었다.

이거 누가 줬어?

우리 할머니.

잘 그리셨네.

약도를 아무리 살펴보아도 우리가 어디쯤 왔는지 알 수 없었다. 흡혈인이라면 날 수도 있나? 저 위로 날아올라 가서 여기가 어딘지 확인해 보면 좋을 텐데. 날지 못한다고 해도 흡혈인으로 사는 거 꽤 괜찮겠다는 생각이 들었다. 눈을 약도에 둔 채로 웃으니 김서정이 뭔 생각을 하냐고 물어왔다.

흡혈인이 되는 생각.

입 조심해.

김서정은 내 손에서 약도를 뺏어 다시 앞장서 걸었다. 보자기 꾸러미를 든 손이 눈에 띄게 힘들어 보였으나, 나는 꾸러미를 대신 들어주지 않았다.

우리는 말없이 오래 걸었다. 어느새 어두운 기운이 산속에 깔려 있었다. 해가 지기 시작해서인지, 김서정과 나의 삭막한 분위기 때문인지 알 수 없었다. 나는 걷는 동안 한 번도 보자기 꾸러미를 건네받지 못했다. 너 혹시 무슨 일 있었니? 내 물음에 김서정은 보자기 꾸러미를 반대 손에 들었다가 품에 안았다가 하며 묵묵부답으로 걸었다. 보다 못한 내가 꾸러미를 빼앗아 들자 김서정은 전혀 고맙지 않은 표정으로 고맙다고 말했다. 아무 일도 없었어. 무슨 일이 있던 것이 분명한데, 그렇지 않으면 이렇게 다른 사람이 될 수 없을 텐데 김서정은 끝까지 말해주지 않았다. 점장님과 어떻게 헤어졌는지는 몰라도 그게 발화점이었나. 김서정은 마라톤 크루, 독서 모임 등 만나는 사람이 너무 많았다. 어떤 일이 어디서 발생했는지, 어떤 사연으로 김서정이 인간을 지겨워하는 지경에 이르렀는지 추측하기 어려웠다. 김서정은 무슨 일이 있든 다시금 밝은 모습으로 되돌아오는 애였고, 사람에게 받은 상처는 다른 사람들 속에 섞여 회복해 나갔으니까. 내가 나만의 사정에 파묻혀 있는 동안 김서정이 어떻게 지냈는지 떠오르지 않았다. 늦은 밤 몇 번이나 갑자기 내 집에 찾아와 현관문을 두드렸는데도. 어쩌면 무슨 일이 있었을 거라는 건 나의 착각에 불과할지도 몰랐다. 김서정의 말처럼 정말 아무 일 없었을 수도 있다. 살다 보면 이것도 겪고 저것도 겪고, 끔찍한 일만큼이나 신물 나는 사람도 많고, 그것들이 모두 지겹게 느껴지겠거니. 그러다 보면 성격이 변하기도 한다고 정말로 그렇게 생각한다기보다 그렇게 믿고 싶었고, 믿으려고 애썼다. MBTI가 바뀌기라도 했나? 성향이나 성격이 바뀌는 것과 사람에 대한 애정을 잃는 것은 전혀 다르지 않나? 김서정의 등을 뚫어져라 바라보았다. 좁고 둥근 어깨, 대충 묶은 머리카락, 언뜻언뜻 보이는 목. 지금은 머리카락 때문에 보이지 않지만 목덜미에 조그만 점이 있지. 아지랑이처럼 퍼져 있는 잔머리를 모아 다시 묶어주고 싶다고 생각할 즈음, 김서정의 어깨 너머 누군가의 형체가 보였다. 한 노인이 고개를 쭉 빼고 우리를 향해 걸어오고 있었다. 느리지만 한 발 한 발 힘주어 내딛는 걸음. 주름이 많아서 그런지 노인은 어딘가 화가 나 보이는 인상이었다.

등산하는 데도 아닌데 어떻게 들어왔어. 여기까지 어떻

게 들어왔어.

할아버지, 혹시 고암사 아세요?

노인은 나와 김서정을 지그시 응시하다가 샛길로 잘못 들어온 것 같다며 자신을 따라오라고 했다. 아무래도 화가 난 건 아닌 것 같았다.

고암사는 굉장히 오래된 절이라서 사람들이 옛 고古 자를 쓰거나 높을 고高 자를 쓰는 줄 아는데 그게 아니라 되돌아볼 고顧 자를 쓴다고. 나도 알게 된 지는 얼마 안 됐어. 노인은 원래 서울에서 살다가 이곳으로 온 지 3년 정도 되었다고 했다. 그러고 보니 말하는 와중에 사투리를 한 번도 쓰지 않았네. 한 치의 망설임도 없이 걷는 모습에 당연히 토박이인 줄로만 알았다. 김서정은 길을 다시 찾게 되어 안심했는지 흡혈인 동네니 뭐니 이것저것 노인에게 떠들고, 어떻게 서울에서 여기까지 오셨냐고 물었다. 노인은 별다른 대답 없이 자기 가방에서 고구마를 꺼내 주었다. 불에 구운 흔적이 잔뜩 남은 고구마는 차가웠지만 맛있었다. 맑은 공기와 맛있는 고구마. 정말로 여행을 온 것처럼 들뜨고 가벼운 마음이 들다가도 김서정과 눈이 마주치면 서로 피했다. 노인은 어디에 살고 있을까. 어젯밤 내려다본 집 중 한 군데에 살고 있을까. 서울에서 사는 게 힘들고 피곤해 고향으로 다시 돌아온 걸지도 몰라. 아니면 어떤

사정으로 가진 돈을 다 잃고 돌아온 후, 빈집 가운데 아무 데
(F) 나 들어가 살고 있을지도. 사람이 살지 않고 그래서 온기가 없
는 집에 들어가 고구마를 굽고 수제비를 해 먹고. 비어 있던
집은 점차 노인의 온기로 채워지고. 집은 사는 사람에 따라 고
유의 냄새가 새겨졌다. 고유의 냄새란 누군가 그 집에서 살았
다는 흔적과 가까울 것이다. 어쩌면 내가 집 만드는 일을 그만
둔 건 냄새를 입히는 데 실패했기 때문일지도 몰랐다.

미니어처 하우스를 만드는 데 있어 중요한 점은 '정말 그
럴듯하게'였다. 나는 미니어처 소품을 만드는 것에서 시작해
베토벤이나 고흐 등 유명 인사의 집을 재현했다. 비닐을 자르
고, 나무젓가락을 깎고, 잘 마른 점토를 도색하고. 그럴듯하
게 만들어진 작은 세상을 오래 들여다보았다. 미니어처 하우
스 제작을 그만둔 분명한 계기는 없었다. 어느 날 갑자기 내 (J)
가 만든 집들이 소중하게 느껴지지 않았다. 써먹을 곳도 없고
알아주는 이도 없고 부질없구나, 그런 생각이 들자마자 아크
릴 상자에 고이 전시해 놓았던 미니어처 하우스를 차마 부수
지는 못하고 하나둘 날라 집 밖에 내놓았다. 누구라도 주워 갈
줄 알았는데 하나 빼고는 전부 제자리에서 비를 맞고, 그 옆에
새로운 쓰레기가 놓이고, 무단 투기 스티커가 붙었다. 학생 때
가졌던 취미를 몇 년이나 잊었다가 다시 떠올린 김서정이 내
소설 초고를 읽고 했던 말 때문이었다. 나는 내 소설에 애정을

갖지 못했다. 분명히 쓸 때는 재밌었는데 이상하게 다 쓰고 나면 재미가 없었다. 가득가득 사건 사고를 채워도 무언가 빠져 있다는 느낌이 들었다. 사람이 없잖아. 김서정은 술에 취해 그렇게 말했다. 나는 그 말을 이해하지 못했으면서 소설 맨 마지막 장에 '사람이 없음'이라고 크게 적은 뒤 가방에 프린트를 집어넣었다. 다음 날 술이 덜 깬 채로 가방에서 프린트를 꺼냈을 때, 엉망으로 구겨진 종이가 대충 만들어진 집과 같은 형태로 책상 위에 덩그러니 놓였다. 그때 본인이 그런 말을 했다는 걸 김서정은 기억하지 못할 것이다. 나는 소설을 쓸 때마다 미니어처 하우스 만들 때가 떠올랐다. 같은 실수를 반복하는 기분이 들었다. 내가 만든 작은 집에 살고 있을 누군가가 전혀 그려지지 않았다.

노인과 동행한 지 얼마나 지났을까. 점점 시야가 환해지는 것 같았다. 실제로 빼곡하게 하늘을 덮었던 나무의 수가 눈에 띄게 줄어들었다. 이상했다. 아무리 약도가 조악했어도 고암사는 산 위쪽에 있었고, 우리는 고암사를 지나 더 높이 올라가야 했다. 노인을 따라가니 마음이 편해서 그런가, 발걸음이 편하다 싶었는데 완만한 내리막길로 둘러둘러 산에서 내려오고 있었다. 작은 언덕을 넘으니 저 멀리 비포장도로와 더 멀리 차가 달리는 풍경마저 보였다. 김서정과 내가 뭐가 잘못되어도 한참 잘못되었다는 걸 눈치챘을 때는 이미 노인의 표정이 차게 식은 뒤였다.

F 여기서 차 잡아타고 너희가 살던 곳으로 돌아가.

노인은 그렇게 말하고 가버렸다. 그 뒷모습이 너무 단호해 보여서 차마 따지지도 못했다. 우리는 그의 뒤를 쫓지도 못하고 산이 끝나는 흙길 위에 멀뚱히 서 있었다. 여기가 어딘지, 우리가 어느 쪽으로 가야 하는지, 당황해야 하는지, 슬퍼해야 하는지 아무것도 알 수 없었다.

재수 없는 노인네. 이해할 수 없는 노인은 어디에나 종종 있었다. 폐지를 달라고 시끄럽게 떼를 쓰며 식당을 떠나지 않는 노인, 먼저 와서 부딪쳐 놓고 갑자기 화를 내는 노인 등등. 꼭 노인만 있는 건 아니었지만 나는 그런 사람들을 만나면 우선 놀랐고 그래서 피했다. 다시는 마주치지 않았으면 좋겠다는 마음으로. J 잊고 싶었고, 그들은 정말로 내게서 금방 잊혔다. 자기를 따라오라고 해놓고 엉뚱한 곳으로 우리를 데려온 노인은 왜 그랬을까. 이상한 사람이겠거니 생각하는 게 편했다. 입 안에는 아직도 군고구마의 단맛이 남아 있었다. 우리는 다시 산으로 들어갔다. 산길이 안내하는 쪽으로 마냥 걸었다. 김서정의 손에는 소용없어진 약도가 들려 있었다. 옛날의 김서정이었다면 이따위 약도를 가지고 산에 오르지는 않았을 것이다. 노인이 그렇게 떠나버렸어도 금세 당황한 정신을 다

스리고 민가로 내려가 정확한 현 위치와 목적지의 방향을 알아냈을 것이다. 하지만 지금의 김서정은 조황주를 꼭 만나고 말겠다는 신념에 꽂힌 사람처럼 무작정 산 쪽으로 향했다. 우선 올라가다 보면 고암사를 안내해 주는 표지판이 있을 거라고 믿었다. 벌써 해가 저물고 있었다. 노을이 지면서 저녁 어둠이 빠르게 차올랐다.

정말 무슨 일 없었어? 점장이랑 헤어져서 그래? 뱉어놓고 크게 말실수했다는 걸 깨달았지만 김서정은 화를 내지 않았다. 오히려 담담한 어조로 말했다. 그냥 별일이 있었다기보다 말을 안 하고 싶어졌어. 자기 일이 아니면 다들 참 쉽게 말해서. 나는 미래를 약속한 애인이랑 헤어졌고 베이킹 클래스에서 만난 언니는 얼마 전에 이혼했대. 마라톤 크루 중 한 명은 11월부터 모임에 나오지를 않는데 함께한 지 얼마 안 돼서 다들 잘 모르더라고. 베이킹 클래스는 그만뒀어. 사람들이 이혼한 언니의 애를 걱정하기에. 마라톤도. 크루 연말 뒤풀이를 이태원에서 하겠대서. 그냥 그런 거야. 사람들을 만나고 이것저것 생각하는 거 피곤해. 나는 이제 말을 하고 싶지 않아.

김서정은 거기서 말을 그쳤다. 하지만 김서정의 뒷모습이 내게 말하고 있었다. '어차피 말해봤자 네 마음대로 생각할 거잖아. 너는 내 애인을 싫어했으니까.' 김서정이 각종 모임을 탈퇴했다는 소식은 이미 다른 친구를 통해 전해 들었다. 산악회인가, 산악자전거회인가를 김서정과 함께하던 친구는 김서정이 이상하다고 했다. 걔 좀 이상해. 엄청 웃고 떠들고 놀았는데 바로 그다음 날 갑자기 단톡방 나가더니 탈퇴했잖니. 착하고 밝은 애라고 생각했는데. 암튼 너도 조심해라. 나는 내 소설에 사람이 없다고 했던 김서정의 말을 이제야 조금 알 것 같았다. 김서정의 주변에는 항상 사람들이 바글바글했다. 그런데 사람이 빠져버리면 김서정에게는 무엇이 남나. 내 앞에 있는 김서정은 분명히 김서정인데 김서정의 어떤 부분이 빠져 있었다. 그중 일부는 내가 빼버린 것이 틀림없었다. 곧은 등. 똑똑 두드리고 싶은 익숙한 뒷모습이 열심히 산에 올랐다. 나는 배낭에서 보리차를 꺼냈다. 밤새 얼려놨던 보리차는 반도 채 녹지 않았다. 미지근한 물을 넣으면 금방 녹아. 김서정은 자기 생수를 내 물병에 따라주었다.

너 근데 조황주 할머니 만나면 알아볼 수 있어?

글쎄 아마도. 어렸을 때 딱 한 번 본 적 있어. 우리 할머니는 내가 어렸을 때도 할머니였는데 조황주 씨는 별로 할머니 안 같았어. 선생님을 찾아온 오랜 제자처럼 우리 할머니 무릎에 얼굴을 묻고 있었어. 그 뒷모습이 기억나. 흡혈인은 늙지 않으니까 그때랑 같은 모습일 거야.

그런가.

확실해.

확신해?

응. 확신해. 김서정은 보리차로 입을 적신 후 어딘가를 응시하며 웃었다. 시선을 따라가니 저 멀리서 선한 인상의 한 여자가 걸어오고 있었다. 긴 치마가 바람에 차분하게 흔들렸다. 김서정은 망설이지 않고 여자에게 다가갔다. 보자기 꾸러미를 받아 들며 조황주가 말했다.

E

친구의 냄새가 나기에 마중을 나왔습니다.

빙빙 돌고 돌아 아주 먼 곳으로 떨어져 나온 줄 알았으나 조황주의 집은 생각보다 가까웠다. 가파른 경사와 몇 개의 언덕을 거쳐 산에 올랐다. 땀이 나고 입이 마를 때마다 보리차를 두어 번 가방에서 꺼내 마셨다. 흡혈인의 능력인가 싶을 정도로 조황주는 가볍게 걸었다. 조황주의 집은 고암사에서 조금 떨어져 있는 작은 나무 집이었다. 흉흉하거나 무언가 갇혀져 있지 않을 거라는 추측이 무색할 정도로 여느 시골집과 다를 바 없었다. 우리가 머무는 숙소와 비슷하게 생겼으나 훨씬 아담하고 단순한 생김새였다. 댑싸리비가 문 옆에 등을 기댄 채 곧게 서 있었다. 집 앞에는 작은 평상과 텃밭이 있었다. 여름에 텃밭을 가꾸다가 평상에 앉아 맥주를 마시면 참 좋을 것 같았다. 쌈장에 오이를 찍어 먹는 것만으로 안주는 충분할 것이다. 조황주는 우리를 집 안에 들이고 대추차와 곶감을 내왔다. 직접 말린 거라면서 자꾸만 곶감을 권했다. 나와 김서정은 곶감을 우물우물 씹어 삼키는 조황주를 가만히 쳐다보았다. 내가 생각한 것과 여러모로 참 다르네. 말은 하지 않았으나 김서정도 비슷한 생각인 것 같았다. 보자기 꾸러미는 매듭이 얼마나 단단한지 세 명이 돌아가면서 힘을 주며 겨우 풀었다. 보자기 안에는 생활용품과 건조식품이 들어 있었다. 개별 포장된 물건들을 하나씩 확인할 때마다 조황주는 크게 웃었다. 건미역을 꺼낼 때는 고개를 뒤로 젖히고 웃으면서 바닥을 두드렸다.

내 친구는 아직도 참 한결같습니다. 저는 추위도 안 타고 굳이 음식을 안 먹어도 되는데요.

그제야 나는 방바닥에 흩어진 물품을 훑었다. 기능성 내복, 수면 양말, 팬티 5개입 묶음과 영광굴비, 북어포 등등. 웃음이 비어져 나왔다.

집이 춥지요? 시간이 늦어 오늘은 못 내려가실 겁니다. 밤의 산은 위험해요. 자고 가세요.

우리가 무어라 말할 새도 없이 조황주는 물건을 정리한 후 벽난로에 불을 지폈다. 그러고 보니 집 안이 냉기로 싸늘했다. 나와 김서정은 외투를 입은 채 따끈한 대추차를 부여잡고 있었다. 조황주는 벽난로 가지고는 추위를 버티기 힘들 거라며 솜이불을 꺼내 가져다주었다. 마지막으로 방문을 닫고 나오는 조황주의 품에는 유리병이 안겨 있었다. 유리병 바닥에 가라앉아 있던 샛노란 매실이 물결을 따라 천천히 떠올랐다.

조황주는 술고래였다. 매실주가 동나자 정수기 물통만 한 복분자주를 꺼내 왔다. 이것도 직접 담근 거니까 아끼지 말고 먹으라며 국자로 밥그릇에 술을 떠 주었다. 나는 술 때문에 몸에 열이 올라 패딩 점퍼를 벗었다. 김서정도 얼굴이 붉었다. 술에 취한 건지 흥에 취한 건지 조황주는 자기가 살아온 얘기를 하다가 기타 연주를 하다가 노래를 했다. 대부분 옛날 곡이었다. 무슨 곡인지 몰라 우리가 호응해 주지 않으면 연주곡을 바꾸었다.

이 노래는 아시죠?

김광석의 〈일어나〉 기타 반주가 시작되었다. 흡혈인은 목이 쉬지 않는 것일까. 나와 김서정은 술로 목을 축이고 노래를 목 터지게 불렀다. 조황주는 요즘 말로 인싸였다. 궁금한 거 다 물어보라며 우리와 친해지는 데 스스럼이 없었다. 이렇게 떠들고 놀기 좋아하는 사람이 산속에서 혼자 산다는 게 믿을 수 없을 지경이었다. 왜 이렇게 깊은 곳에 들어와서 사느냐는 물음에 조황주는 원래부터 그랬다고 했다. 어차피 흡혈인은 살아가는 데 딱히 필요한 것도 없고, 나라에서 쉬쉬하기를 원하니까 한 마을에 모여 조용히 지내왔다고. 원래는 인간이었는데 어쩌다 인간이 아닌 게 되어버린 것이 부끄럽기도 하고, 흡혈인 수가 워낙 적기도 하고 그러니까. 부끄러움을 느끼고 인간과 다르다는 걸 항상 되새기면서 사는 게 당연하다는 거였다. 조황주가 흡혈인이 되었을 시절에는 그게 당연한 것처럼 되어 있었다.

본격적으로 술을 먹기 전, 조황주가 우리에게 가장 먼저 던진 질문은 MBTI가 뭐냐는 것이었다. 요즘 필수 질문이지 않습니까. 속세에서 떨어져 살 것 같은 말투와 달리 조황주는 유행에 민감한 편이었다. 김서정과 자신의 MBTI 유형이 같다는 걸 안 뒤 조황주는 잔뜩 신이 났다. 너무 반갑다면서 온갖 간식을 내오고 말이 많아지기 시작했다. 생김새로만 보아서는 우리 또래였다. 게다가 대화도 잘 통하니 경계와 긴장이 쉽게 풀어졌다. 조황주는 마치 연예인 같고, 달에 다녀온 사람 같았다. 김서정은 실례가 될 수도 있는 말을 아무렇지도 않게 던졌다. 흡혈인으로서의 장단점 같은 것. 나는 왜 그런 걸 묻느냐는 표정으로 김서정을 흘겨보았지만, 어쩐지 그 실없는 질문이 서글프기도 하고 기쁘게 느껴지기도 했다. 옛날의 김서정은 이런 질문을 하루에도 몇 번이나 던졌다.

무작위입니다. 물린다고 모두 흡혈인이 되지는 않았어요. 일상을 잘 살고 있는데 어느 날 갑자기 큰 사고에 휘말리거나 차에 치이는 것처럼요. 이유도 뭣도 없습니다. 미친개에게 물린 거랑 비슷합니다. 아, 처음에 나타나는 증상도 광견병과 비슷하네요. 또 흡혈인에 대해 궁금한 점? 인간에 가까운지 동물에 가까운지는 안 궁금하나요? 20년 전에는 궁금해하던 사람이 있었는데.

E

우리는 조황주의 뛰어난 언변과 자조적인 농담에 정신을 못 차리고 웃었다. 조황주는 말이 많았고 이야깃거리도 많았다. 그중에는 재밌는 이야기도 있었고 심각하거나 슬픈 이야기도 있었다. 최근에 깨어난 이후 가장 많이 말을 하는 것 같네요. 즐겁습니다. 조황주는 이야기가 떨어지면 우리가 잠들어 버리기라도 할 듯 쉬지 않고 떠들었다. 마찬가지로 안주와 술을 자꾸 내왔다. 김서정네 할머니가 주신 북어포를 찢어 먹고, 굴비도 구워 내왔다. 불이 잦아들면 벽난로에 장작을 넣었다. 조황주는 그동안 살아오면서 두 번의 긴 잠을 잤다. 8년 전 가을쯤에는 오래 살아 있으면 오랫동안 많은 일들을 슬퍼해야 하는구나, 하는 생각을 안고 잠들었다. 자다가 저절로 죽는 걸 바라기엔 흡혈인의 몸은 너무 튼튼했다. 이번 가을에 깨어난 건 세상이 소란스러워서라고 했다. 세상이 흔들리면 사람들의 마음이 무너지는 소리가 뒤따라와 잠이 달아나더라고.

그전에는 몇 년도에 잠들어서 몇 년도에 깨어났어요?

단순히 조황주의 실제 나이를 추측하기 위한 질문이었다. 조황주는 질문에 대해 골똘히 고민했다. 한참 뜸을 들인 후 안주가 부족하다고 생각했는지 자리에서 일어섰다. 밖에 나갔다 들어온 조황주의 손에는 고구마 대여섯 개가 들려 있었다. 나는 고구마를 건네받아 조황주와 함께 벽난로에 집어넣었다. 그렇게 불에 닿게 넣으면 고구마가 다칩니다. 타버려요. 고구마를 적당한 위치에 놓는 조황주의 얼굴에 불빛이 드리웠다. 흡혈인의 얼굴은 차가울까 따뜻할까. 그러다 마주친 눈이 너무 깊어서, 생긴 것만 나와 또래일 뿐 오랫동안 살아온 존재라는 것을 피부로 깨닫고 말았다.

조황주가 처음으로 긴 잠을 잤던 때는 흡혈인들이 한 마을에 모여 살았을 시절이었다. 흡혈인 중 몇 명이 늙지 않는 연예인으로 활동하고, 흡혈인이라는 걸 굳이 비밀로 하지 않아도 되었던 시절. 깊은 밤 제일 환하게 빛나던 마을에 산사태가 일어났다. 흙과 나무가 낮은 지붕을 덮치고 여기저기 큰 불길이 일었다. 몇 달에 걸쳐 빗물에 흙이 쓸려 내려갈 때마다 분절된 신체 일부분이 발견되었다. 많은 이들이 죽었으니 한꺼번에 장례를 치르고 화장을 했다. 절차는 대부분 낮에 이루어졌다. 살아남은 흡혈인들은 낮에도 잠들지 못하고 그늘 속에서 울었다. 밤에는 부엉이와 함께 울었다. 그렇게 우는 동안 왜 멀쩡한 산속 그 마을에만 산사태가 일어났는지, 동료들의 시신이 어디로 갔는지 살필 겨를이 없었다. 어차피 흡혈인은 전부 화장하는데 그걸 무얼 하러 찾느냐고 하는 탓에 어디 가서 따지지도 못했다. 낮에는 졸면서 울고 밤에는 신체 일부를 주우러 산을 돌아다녔다. 조황주는 충분히 슬퍼하지도 동료들의 온전한 시신을 되찾지도 못했다. 슬프다고 눈을 감아버리지 않고, 슬픔에 짓눌리지 않고 충분히 슬퍼해야 해. 조황주는 그렇게 말했지만 나는 충분한 슬픔이란 무엇인지 잘 그려지지 않았다. 내 표정을 읽은 조황주가 눈을 똑바로 마주 보고 입을 열었다.

나는 너무 긴 잠을 잤습니다. 내가 슬퍼하는 동안, 슬픔에 파묻혀서 생각을 잠재우고 살아가기를 멈추는 동안 나의 동료들이 사라졌어요. 같은 시대를 함께하던 이들이. 그러니까 슬퍼하고, 그 슬픔이 왜 발생했는지 보아야 합니다. 다음에 그와 비슷한 일이 일어나지 않도록 충분히 슬퍼해야 합니다.

고구마가 익었는지 고소한 단내가 집 안을 채웠다. 조황주는 이제는 기운도 없고 잠도 없다고 말하며 웃었다. ESFJ의 특징은 마음이 아프면 미소를 지어 보이는 것일까. 조황주는 다시 기타를 들었다. 김서정은 벽난로의 불길을 바라보고 있었다. 나는 낮에 보았던 노인에 대해 상상했다. 노인은 흡혈인 형과 산다. 노인의 형은 중학생 때 흡혈인이 되어 여전히 앳된 얼굴을 하고 있다. 노인은 서울에서 내려와 형과 둘이서 살기 좋은 빈집을 며칠에 걸려 탐색한다. 두 사람은 깊은 밤에 조용히 이사한다. 지금 이 시각 노인은 형에게 말한다.

형, 오늘 젊은 사람들이 마을에 왔어. 형이 자는 사이에.
F 무슨 일을 벌일지 몰라서 내가 내쫓았어. 잘했지?

어차피 우리한테 관심도 없는데 뭘. 그래도 잘했다. 아이 잘했어.

흡혈인 형은 비닐 팩에 포장된 피를 뜨거운 물에 담가 데워 먹는다. 미지근하고 걸쭉한 돼지 피. 그 옆에서 할아버지가 된 동생은 화롯불에 고구마를 굽는다. 타닥타닥 장작 타는 소리.

언제 잠들었는지도 모르게 잠이 들었다. 앉은 채로 졸았다고 생각했는데 솜이불이 몸 전체를 꼼꼼하게 뒤덮고 있었다. 누군가의 머리카락을 빗겨주는 꿈을 꾼 뒤였다. 내가 가느
다란 참빗으로 까맣고 부드러운 머리카락을 빗는 동안, 또 다 J
른 누군가가 내 뒤에서 나의 머리카락을 빗겨주었다. 빗이 머리카락을 긁어 내려가는 소리는 먼 곳에서 치는 파도 소리를 듣는 것과 비슷했다. 바람이 세게 부는지 꿈속의 소리가 문밖에서 들려왔다. 김서정은 벽난로 바로 앞에서 잠을 자고 있었다. 가로등을 하염없이 바라보고 서 있는 사람처럼 얼굴에 노란 불빛이 드리웠다.

끝나가는 겨울 시골의 새벽하늘은 묵직하고 컴컴했다. 조황주는 댑싸리비로 마당을 쓸고 있었다. 자기 전 이부자리

를 정돈하는 흡혈인의 의식 같은 걸까. 소매로 밤새 내려앉은 서리를 닦고 평상에 앉아 조황주의 고른 비질을 지켜보았다. 하늘이 조금 밝아지자 조황주는 빗자루를 원래 있던 자리에 세워놓고 담배를 꺼내며 내게 시선을 던졌다. 내가 고개를 저은 후에야 조황주는 자신의 담배에 불을 붙였다.

밤새 마당을 쓴 거예요?

매일 새벽 고암사에 다녀옵니다. 잠들기 직전에는 마당을 쓸고요. 오늘도 여느 때와 같았습니다.

서정이랑은 무슨 얘기를 그렇게 했어요?

덕이는 나와 미싱 돌리던 시절을 나눈 사이입니다. 고암사 스님들 외에 유일한 인간 친구이기도 해요. 깨어난 직후 절에 가니 스님들이 저를 꾸짖더군요. 그래서 반신반의한 마음으로 연락을 할 수밖에 없었습니다.

김서정의 할머니는 조황주의 생각과 달리 살아 있었고, 연락처를 바꾸지 않았고, 조황주에게 욕을 퍼부었다. 흡혈인은 수명이 다하는 방법으로는 죽지 않았다. 사고사든 살인이든 죽임을 당하거나 스스로 이승을 떠나는 것밖에 죽음을 맞이할 방도가 없었다. 죽는다는 건 자연스러운 건데, 흡혈인에게 자연스러운 죽음은 없었다. 김서정의 할머니는 조황주를 협박했다. 연락이 닿지 않으면 스스로 목숨을 끊은 줄로만 알 거라고. 그러면 자기는 굉장히 절망스러울 거라고 화를 냈다.

다 늙어버린 목소리로 어릴 때와 똑같이 화내다니 참 잔망스럽죠? 덕이는 몰라요. 저도 죽는 게 두렵습니다. 사람으로서는 죽어보았으나 흡혈의 존재로서는 죽어본 적이 없으니까요. 경험은 겪어보지 않은 일을 대비할 수 있는 힘을 줍니다. 하지만 어떤 경험은 미래를 더 두렵게 만들거나 별로 그 미래를 기대하지 않게 만드는 것 같아요.

아주 천천히 담배를 피우면서 조황주는 나를 향해 웃어 보였다. 김서정에게 있었던 일을 듣고 싶었으나 조황주는 김서정의 할머니 이야기만 잔뜩 늘어놓았다. 나는 김서정보다 먼저 잠이 들었지만 잠들어 가는 와중에도 귀는 오랫동안 깨어 있었다. 어렴풋한 의식 속에 많은 소리가 들려왔다. 우는 듯이 웃는 소리나 웃는 듯이 우는 소리. 마지막에 들린 건 나지막한 웃음소리였던가. 두 사람은 함께 고암사에 다녀왔을 것이다. 걸으면서 많은 이야기를 나누고, 어쩌면 김서정은 지난 시간을 되돌아보았을 것이다. 아닌 밤중에 홍두깨였던 시절에 그랬던 것처럼.

김서정은 사람들에게 별별 이야기를 듣고, 내게 와서 자신의 별별 이야기를 다 했다. 어쩌면 김서정이 화사하고 밝은 모습을 유지할 수 있었던 것은 매일 자신이 한 언행을 되돌아보며 자책하다가 다시금 기운을 얻었기 때문일지도 몰랐다. 사람들 속에서 기본적으로 웃는 표정을 짓던 김서정이 어떻게 우는지 나는 알고 있었다. 김서정은 화를 못 냈다. 감정이 차오르면 눈물이 차올라 아예 입을 꾹 다물어버렸다. 그런 김서정이 밤중에 택시를 타면서까지 나를 찾아와 목이 메어도 말하고 싶었던 건 뭐였을까. 수치심이 고스란히 전해지는 목소리로 나를 바라보는 김서정. 이건 김서정이 ESFJ이기 때문일까. 그냥 김서정이기 때문일 것이다. 김서정은 김서정이고, 김서정의 슬픔은 김서정의 슬픔이고.

서정이랑 무슨 얘기를 그렇게 했어요?

둘이 한 대화는 둘만의 이야기로 두어야지요. 저는 사람 때문에 상처받은 적이 있지만 여전히 사람이 좋습니다. 사람에게서는 잘 마른 풀 냄새가 납니다. 겨울에 얼었다가 녹아서 축축해진 풀이 이른 봄 양지바른 곳에서 새싹과 뒤엉키며 잘 마르는 냄새가 나요. 만약에 제가 죽게 된다면 그런 곳에 묻히고 싶어요. 사람의 냄새는 생각보다 참 오래 남습니다.

결국 못 참고 다시 한 질문도 소용없었다. 원하는 말을 내주지 않고 교훈을 주려는 듯 돌려 말하는 조황주의 화법이 마음에 들지 않았다. 어둠이 한층 갠 하늘은 물을 부어놓은 것처럼 맑고 푸르스름했다. 곧 해가 뜰 것이다. 텃밭의 고른 흙으로 보아 조황주의 마당은 볕이 잘 들 것이다. 나는 그동안 내가 지나쳐온 김서정의 밤에 대해 생각해 보려 했으나, 그 밤들은 너무 어두워 잘 보이지 않았다. 나의 원래 소원은 해가

잘 드는 집에서 사는 것이었는데, 이제는 다른 걸 소원으로 삼
F 고 싶어졌다.

밖으로 나오지 못하고 집 안에서 우리를 배웅하던 조황주는 손에 황금색 보자기를 쥐고 있었다. 곱게 접힌 보자기는 손수건이나 오래된 편지처럼 보였다. 김서정의 할머니는 어떤 마음으로 보자기를 단단하게 묶었을까. 노인 특유의 굵고 주름진 손가락이 잠시 떠오르다 말았다. 나와 김서정은 조황주가 일러준 지름길이 아닌 다른 길로 산을 내려갔다. 산책하듯 일부러 산을 둘러 돌아가는 길이었다. 깊숙한 산의 안쪽이 아닌 바깥쪽으로 걸으니 발이 가벼웠고, 산 아랫마을 풍경이 종종 눈에 들어왔다. 김서정은 어딘가 편해 보이는 표정으로 말했다.

J

옛날에 네가 나한테 사람을 너무 좋아한다고 했던 거 기억나? 그래서 내가 개소리하지 말라고 짜증 냈잖아. 근데 사실 나 그런 소리 되게 많이 들었다. 정이 많다고. 사람 너무 믿지 말라고. 개처럼 말이야. 멍멍이 같대.

그랬던 것 같기도 하고. 괜한 소리지 뭐.

멍멍.

뭐야.

어때? 나 개 같아? 멍멍.

이상한 짓 좀 하지 마.

왜. 강아지 같으면 좋은 거지. 멍멍. 조황주 할머니도 사람 참 웃기더라.

E

겉으로 보기엔 우리랑 나이가 비슷해 보여서 할머니라고 부르기 좀 이상해.

맞아 이상했어.

참 재미있었다.

응. 재밌었다 정말.

몰래 김서정의 옆얼굴을 훔쳐보니 재밌었다고 한 말은 진심인 듯했다. 더 이상 조황주와 어떤 이야기를 나누었는지, 대체 어떠한 일을 겪고 인간을 지겨워하게 되었는지 물을 필요가 없어졌다. 여기서 머무는 기간 동안 조황주를 또 만날 수 있을까. 사람을 좋아하는 조황주라면 우리의 냄새를 맡고 펜션으로 찾아올 가능성이 농후했다. 이상한 양반. 다시 만나게 되면 그때는 어떻게든 잠들지 않고 버텨야지. 암막 커튼으로 햇살을 다 막을 테니 낮에 술을 먹자고 하면 야비해 보이려나. 조황주는 너무 내 또래 같고, 대학생 때 함께 술을 먹던 친구들같이 어딘가 낯이 익어서 인간과 다를 바가 없었다. 그러다가 살아온 얘기를 꺼내면 맞네, 흡혈인이시네. 문득 정신이 들었다. 김서정과 나는 너 나 할 것 없이 부질없고 예의 없는 질문을 던졌다. 조황주는 대부분의 질문을 우스갯소리로 넘기거나 농담으로 답했다. 하지만 가벼운 웃음을 멈추고 고민한 뒤 진심을 가득 담아 내놓은 대답도 있었다. 어쩌면 우리가 영원히 공감하거나 이해할 수 없을.

흡혈인의 단점은 음. 인간으로 살았던 기억이 점점 멀어지고 있다는 것입니다. 인간이었을 시절에 나는 곶감을 참 좋아했습니다. 아버지가 잘 마른 곶감을 들고 나를 부르면 자다가도 벌떡 일어났어요. 깊은 새벽에 눈도 뜨지 못한 채로 먹었어요. 그런데 내가 곶감을 왜 좋아했는지 아무리 곶감을 씹어도 그 이유가 생각나지 않아요. 그것이 슬픕니다. 시간이 갈수록 나에게서 인간의 시절이 빠져나가고 있어요.

미니어처 하우스 만드는 일에 푹 빠지게 된 계기는 집이란 사람이 살던 기억으로 이루어진다는 문장을 접한 뒤였다. 미니어처 하우스 만드는 일에 흥미가 떨어지게 된 이유를 곰곰이 생각해 보면 마찬가지로 그 문장 때문이었다. 김서정은 내 소설 초고를 아직 기억하고 있을까. 사람이 거주했던 시간으로 집이 채워진다면, 사람은 무엇으로 다시 채워질 수 있을까. 나는 그동안 김서정이 해왔던 활동을 떠올렸다. 일어 스터디, 독서 모임, 등산 크루, 마라톤 크루, 영화 토론 모임 등등. 사람을 좋아하는 김서정은 아마 다시 그 힘으로 채워질 것이다. 나는 숙소로 돌아가 오늘 밤 특제 라면을 끓일 것이고, 냉장고의 맥주를 모조리 비울 것이다. 여기 머무는 동안 나와 김서정은 그동안 먹었던 것보다 더 많은 양의 미나리버섯라면을 먹게 될지도 모른다. 어느 날은 산속을 걷고 어느 날은 빈집이 많다는 동네를 걸어야지. 내가 그 동네에 관해 이야기하자 김서정은 이미 우리가 그곳을 거쳐 올라왔다고 했다. 내가 자느라고, 유의 깊게 보지 않아서, 관심을 두지 않아서, 볼 생각이 없어서 지나쳐버린 동네 풍경에 대해 말해주었다. 예전에 누군가 살았던 흔적이 곳곳에 남아 있어. '슈퍼마켙'이라고 쓰인 옛날 간판, 망가진 평상, 빗자루나 삽 따위를 가게 밖에 그대로 내둔 채 문이 닫힌 철물점. 아무 곳에나 세워져 있는 수레, 플라스틱 의자, 손수레, 목장갑, 양파 망, 비료 포대 수십 개, 빈집들, 빈 개집들. 김서정은 빈집이 많은 동네에 대해 상세하게 기술했다. 나는 그런 김서정의 뒤통수를 가만 바라보았다. 단정하고 튼튼하게 잘 지어진 집. 햇빛이 창문 모양 그대로 드리워 바닥을 따뜻하게 데우고, 그 집에는 손님이 곧잘 찾아온다.

F

가수 GOD의 노래 중에 〈반대가 끌리는 이유〉를 아시나요? 모든 게 완전 반대지만 끌렸다는 가사를 흥얼거리면서, 사실은 반대이기 때문에 끌렸을 거라고 추측하곤 했습니다. **INTP**인 제가 정반대 **MBTI** 유형인 **ESFJ**에 관하여 글을 쓰게 된 것도 같은 이치라고 생각합니다. 나의 생각과 행동을 정반대로 구현하면 **ESFJ**가 되지 않을까 손쉽게 생각했어요. 당연하게도 인간은 그렇게 간단하지 않았습니다. **ESFJ**의 연애, 직장 생활, 인간관계 등등 조사하면 할수록 **ESFJ**는 미지의 영역이 되었습니다. 그래서 저는 결국 모르는 것에 대해, 그리고 누군가에 대해 함부로 생각하는 인물을 주인공으로 내세워 쓸 수밖에 없었습니다. J

〈양지바른 곳〉의 김서정은 사람에게 받은 상처가 켜켜이 쌓인 인물입니다. 타인과 긴밀한 마음으로 어울리며 힘을 얻는 만큼, 사람을 좋아하는 만큼, 큰 실망과 불신을 느끼고 마

S

음의 문을 닫았습니다. 어쩌면 당연하고도 너무 슬픈 일이죠.

김서정의 이야기는 '사람에 대한 애정으로 가득했던 사람에게서 사람이 빠지면 어떻게 되는가'에 대한 질문으로 시작되었습니다. 인연이 빠져나간 자리에는 의문이 남습니다. 아마도 그 의문은 의심으로 변질하여 자신에게 향할 것입니다. 내가 뭘 잘못했는지, 인간관계를 유지하려면 무엇이 달라져야 하는지. 어떠한 의문은 자기 자신으로 향하는 문마저 굳게 잠그기도 합니다.

E

사람으로 인해 잠긴 문은 사람이라는 열쇠로 열린다고 생각합니다. 조황주는 그 사실을 굉장히 긴 시간에 걸쳐 깨달은 인물입니다. 김서정에게는 '나'라는 친구와 미나리버섯라면이 있으니 조금 더 빨리 깨달을 수 있기를. 응원하고 기대해. 네가 하는 모든 것들을.

MBTI 성격 유형 검사는 인간을 16가지 유형으로 손쉽게 구분합니다. 하지만 우리는 유형마다의 특징에 속박되지 않습니다. '나는 이 유형인데 왜 이런 생각을 하지?' '재는 이 유형인데 왜 저렇게 행동하지?' 의심하고 착각하고 다시 착각을 깨부숩니다. 우리는 16개의 유형을 오가면서 결국 잘 안다고 생각했던 '사람'을 모르게 되는 것 같습니다.

MBTI가 유행한다는 건 우리가 얼마나 나 자신이나 타

N

F

인에 대해, 즉 '사람'에 관심을 가지고 사는지 드러내는 것 같습니다. 어쩜 이렇게 사사롭고 다정한지. 그래서 당신의 **MBTI**는 무엇인가요?

최미래 소설집 《녹색 갈증》이 있다.

J

ISFJ

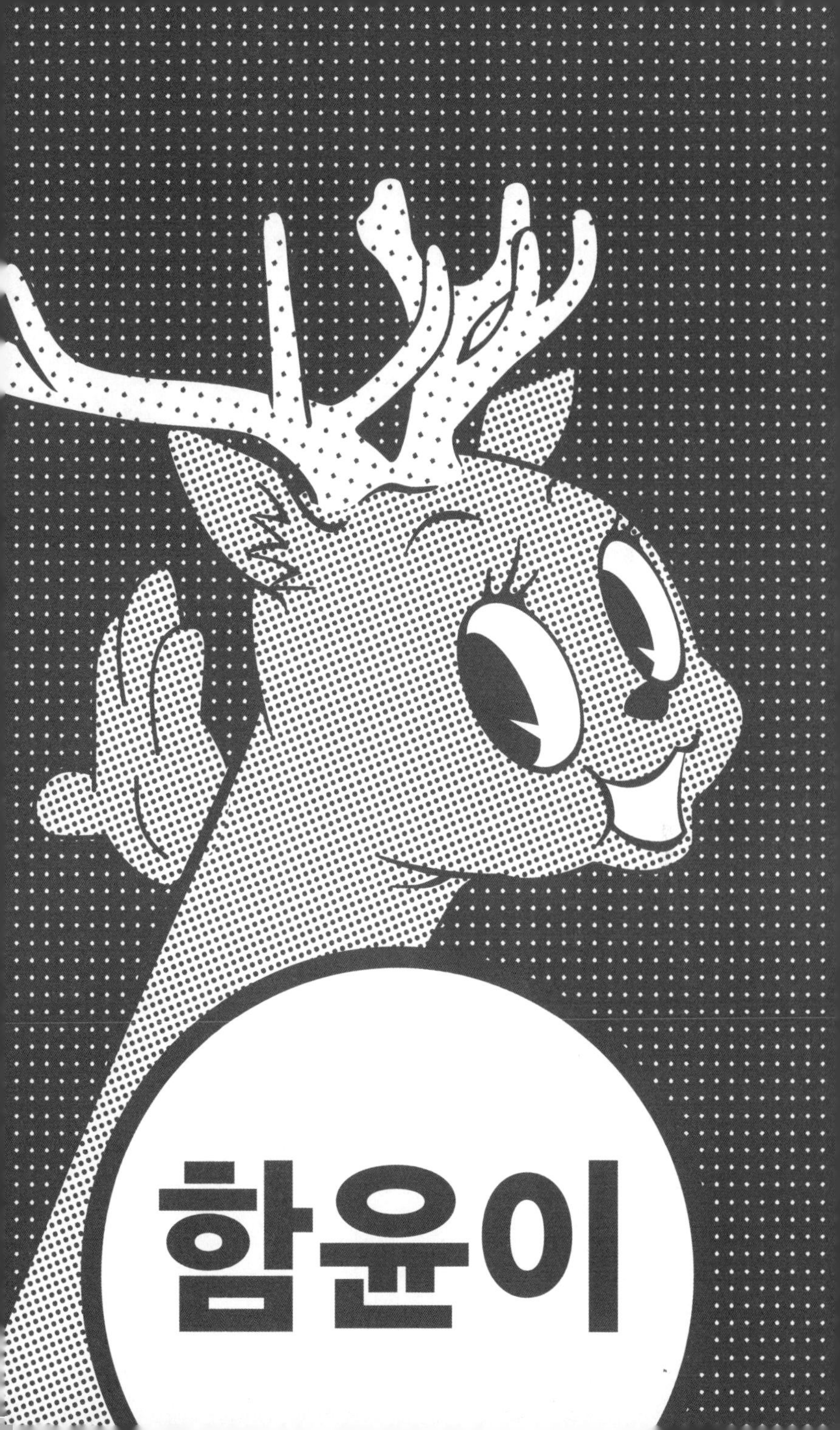
함윤이

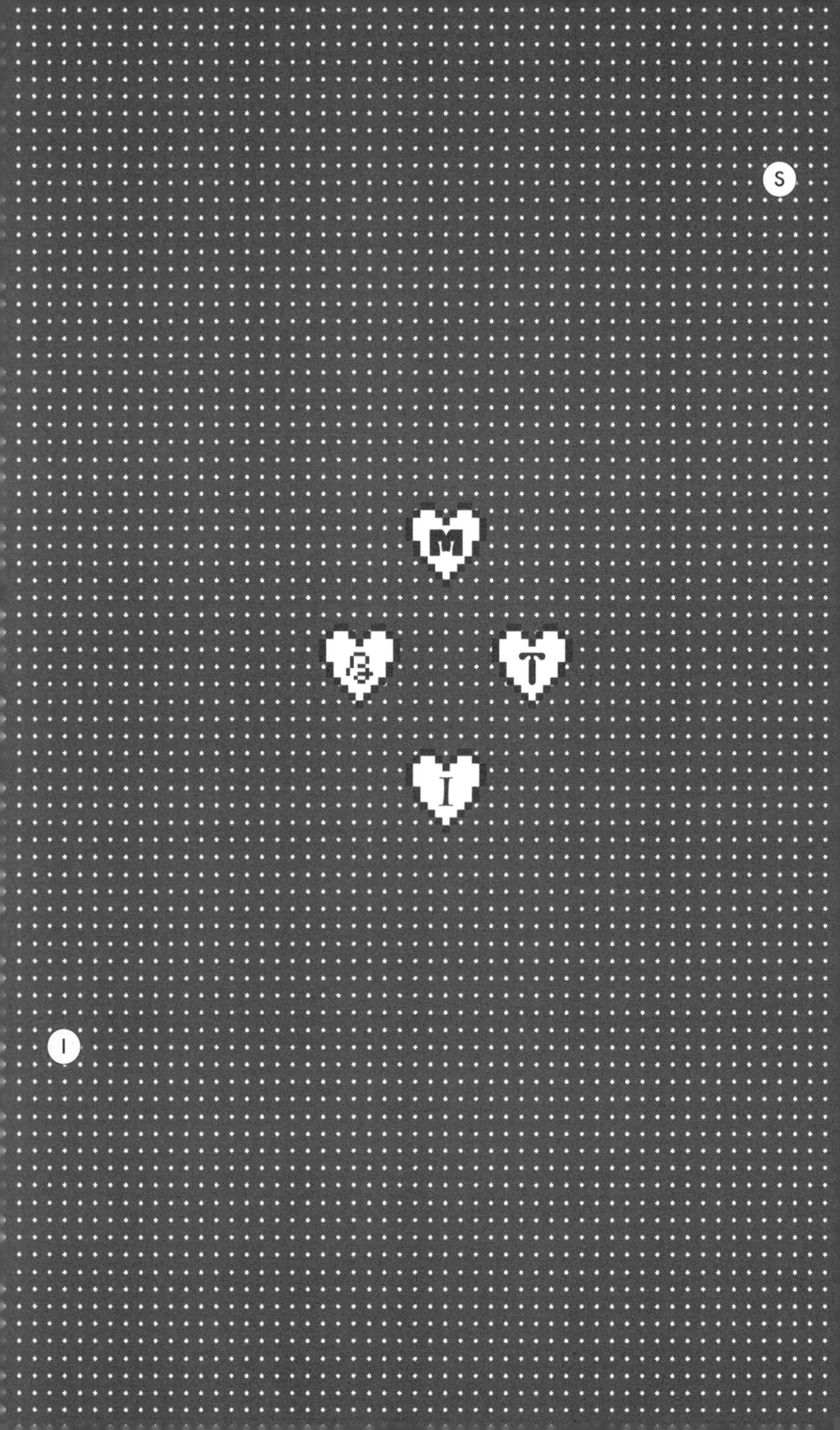
S
M
&
T
I
I

수호자

기절 놀이라는 게 있다. 놀기 위해 최소 두 사람이 필요하다. 먼저 마주 서야 한다. 한 명이 상대의 목을 잡고 엄지나 검지로 경동맥을 짚는다. 손끝에 힘을 준다. 목 조르는 이의 실력이 뛰어나면 목 졸리는 이는 빠르게 정신을 잃는다. 조르는 이의 솜씨가 서툴면 졸리는 이의 고통은 점차 커진다.

등이 배기던 사물함과 맨발에 닿던 교실 바닥의 냉기를 기억한다. 마주한 턱에 나 있던 분홍색 여드름도 선명하다. 숨 참어. 턱이 말했다. 왼팔과 오른팔을 붙든 애들이 풍기던 땀 냄새. 거스러미가 일어난 손끝이 내 목울대 양쪽을 누르자 혀가 몇 밀리미터 떠올랐다. 어허, 가만있어. 누군가 몇 초 정도 낄낄거렸고, 곧 눈앞에 흰 점들이 찍혔다.

다음 기억은 무조의 목소리다. 개새끼. 그 말이 거듭 울렸다. 무조의 욕을 들은 건 그때가 처음이었다. 평소 무조는 우리 또래 남자애치고 수상하리만치 욕을 쓰지 않았다. 그러나 그날, 흐릿한 시야 속에서 무조는 시뻘게진 얼굴로 고래고래 욕하고 주먹을 휘둘렀다. 마구 내저은 손이 방금까지 내 목을 조르던 얼굴을 쳤다. 책상이 넘어가고 의자가 굴렀다. 야 그만해 씨발. 얘 좀 잡아봐. 윙윙거리는 만류의 말들. 눈앞이 조금씩 선명해졌다. 몇 발짝 앞에 서 있던 놈들이 나를 돌아보았다. 야, 얘 깼어. 교실 저편에 서 있던, 어느새 얼굴 한쪽이 부어오른 무조가 달려와 몸을 숙였다. 너 괜찮아? 나는 얼떨떨하게 답했다. 뭐가? 무조가 웃었다. 퉁퉁 부었지만 어쨌거나 익숙한 웃음이었다. 그 뒤로 쓰러진 의자와 책상, 그 사이에 나동그라진 자식이 보였다. 썅 썅 되뇌며 울고 있었다. 코를 쥔 손 아래로 피가 흘렀다.

무조가 느리게 말했다. 너 죽을 뻔했어.

나는 머리를 앞으로 기울이고서 생각들이 한쪽으로 몰릴 때까지 기다렸다. 괜찮아? 무조가 다시 묻기에 고개를 끄덕였다. 기억을 더듬으면 눈앞에 얼룩지듯 찍히던 흰 점들이 보였다. 점들이 커지며 눈앞은 흐린 백야로 가득 찼다. 무조에게 뭐라고 말해야 좋을까? 사실 그 순간은 제법 괜찮았다. 이제는 누구도 나를 위협할 수 없으리란, 완전한 안전에 둘러싸인 느낌. 그것은 정말로 나쁘지 않았다.

*

한국에 돌아오던 날 그것과 다시 만났다. 한국의 추위와 바람과 냄새 모두 1년 만에 마주하는 것이었다. 공항의 유리문을 밀자마자 몰려오는 냉기에 현기증이 일었다. 목과 어깨 언저리가 묵직해지더니 눈앞이 흰 점으로 덮였다. 몇 초간 어슬한 백야가 이어졌다. 눈을 깜빡이자 내 위로 둥글게 모여든 사람들이 보였다. 괜찮아요? 몇몇이 물었다.

중년 남자 한 명이 손을 내밀었다. 손을 뻗자 목 아래에서부터 낯선 감각이 찌릿 감돌았다. 너무 차가워 오히려 뜨겁게 느껴지는, 혹은 너무 뜨거워 차라리 차갑게 느껴지는 무언가가 목과 어깨를 감쌌다. 처음 겪는 감각임에도 확신할 수 있었다.

귀신이 붙었구나.

남자 옆에 서 있던 여자가 바닥에 떨어진 배낭을 주워서 건넸다. 고맙다고 인사하는 사이에 몇 사람이 엉거주춤 자리를 떴다. 여자가 말했다. 병원 가서 검사받아요. 훽 쓰러지던걸. 고개를 돌리자 방금 나온 문 뒤로 하얗게 불을 밝힌 공항이 보였다. 여행 가방이며 카트를 끄는 사람들 너머에 입국장 문이 있었다. 그 위에 매달린 전광판에서 비행기들의 이름과 넘버, 그들이 출발한 도시의 이름이 빛났다. 맨 위에 적힌 도시는 내가 어제까지 머물던 곳이었다.

맞은편 도로에서는 버스와 택시 리무진 들이 공항 정류장을 지나고 있었다. 차들의 앞과 옆에 찍힌 '서울행' 글자가 잇따라 번득였다. 나를 둘러싼 이들 중 몇몇이 또 떠나갔다. 아직도 내 앞에 서 있던 부부가 다시 말을 걸었다. 뒤통수 좀 봅시다. 살짝 부딪힌 것 같던데. 여자 쪽이 내 뒤에 서더니 휴대폰 플래시를 켜고선 이모저모 살폈다. 피는 안 나는 것 같은데, 혹이 났네. 남자 쪽이 말했다. 일행 없어요? 데리러 와달라고 해.

내가 고개를 저었다. 괜찮습니다, 정말 감사합니다. 혼자 갈 수 있습니다, 말하고 자리를 떴다. 돌아보니 아직 그 자리에 서 있는 이들이 나를 흘끗거리며 무어라 수군대고 있었다. 한국인들, 오지랖 넓은 건 여전하구나. 남 목숨 구해줬다고 참견은……. 중얼대다 보니 눈물이 흘렀다. 아무리 생각해도 내 의지로 흘린 눈물은 아니었다. 뒤통수를 짚자 두두룩한 혹이 만져졌다. 혹을 스치고 지나가 목 아래를 누르니 다시 화하게 퍼지는 감각. 귓속을 맴돌던 목소리가 또 말했다. 귀신이 붙었다니까. 그것도 아주 제대로 붙었다.

귀신이 왜 나를 울게 하는지는 모를 일이었다. 축축한 얼굴을 문지르며 횡단보도를 건넜다. 공항 정류장의 무리에 섞여 빨간 버스에 탔다. 1년 만에 꺼내든 카드를 단말기에 대자

삑 소리와 함께 1인용 요금이 화면에 나타났다. 어깨 쪽을 슬쩍 내려다보았다. 귀신은 그 자리에 있었다. 그래, 그렇지, 너는 요금을 낼 필요는 없을 터.

F 인천에서 서울까지는 버스로 약 한 시간이 걸렸다. 그새 눈이 내렸다. 싸락눈이었다. 눈송이들이 어둠을 뚫고 반짝거리다가 도로 섬 바다 풍차 들판을 스치며 뒤로 밀려났다. 텅 빈 풍경이 하나둘 높거나 빛나는 건물들로 채워졌다. 나는 결정을 내렸다.

무조를 만나자. 가능한 한 빨리.

버스에서 내리자 한층 굵어진 눈송이가 이마를 쳤다. 귀신이 한기에 놀란 듯 웅크리며 목덜미로 파고들었다. 휴대폰을 켰다. 화면 위쪽에서 'SIM없음' 표시가 깜빡거렸다. 나는 주위를 둘러보았다. 1년 전이나 지금이나 할 일 없이 헤매는 이들로 가득한 동네였다. 큰길과 주점가 그리고 조악한 크리스마스 장식. 모든 게 무시무시할 만큼 그대로였다.

공원에 다다르자 찾던 게 나타났다. 공중전화 부스는 공항과 비슷한 밝기로 빛나고 있었다. 1년간 배낭 안쪽에 넣어두었던 동전들을 모두 꺼내 부스로 들어갔다. 전화기 뒤쪽에는 세 뼘 크기의 알루미늄 거울이 달려 있었다. 빰이 홀쭉한 더벅머리 남자가 나를 뚫어지게 보았다. 그가 수화기를 들었 J

다. 무조의 번호는 아직도 손끝에 남아 있었다. 서너 차례 신호음이 흐르다가 달칵 멎었다. 여보세요? 묻는 목소리는 기억하는 그대로였다. 마른침을 삼키고 말했다.

방금 한국 왔어.

한참 뒤 무조가 물었다. 지금 어딘데? 대답하는 대신 마주 질문했다. 잠깐 볼래? 묻고 싶은 게 있는데. 무조도 다시 질문했다. 묻고 싶은 게 뭔데. 나는 목을 긁적였다. 귀신이 곤두섰다.

목 아니면 어깨에 뭐가 붙은 것 같아.

안 들려, 뭐가 붙었다고?

심호흡하자 공중전화 특유의 향이 콧속을 채웠다. 그게, 아마도, 귀신 같은 게 붙은 거 같아. 한동안 건너편에선 숨소리만 들렸다. 웃음을 참는 소리인지 아니면 다른 의미를 함축한 신호인지는 알 수 없었다. 다음 말만은 명료하게 들렸다.

어디서 볼래.

소매를 당겨 유리 벽 안쪽을 닦았다. 반질반질하게 닦인 원 안으로 공원과 그 너머의 큰길이 보였다. 길은 몇 차례 꼬부라지다가 언덕으로 향했다. 언덕길 양편에는 지붕이 낮고 간판이 헐거운 슈퍼마켓과 세탁소 그리고 몇 채의 공동주택이 있을 테고, 더 오르면 뒷산 입구가 나올 것이다. 산과 언덕길 사이에 놓인 장소는 우리 둘 다 잘 아는 곳이었다.

학교에서 만나자. 내가 말했다. 오랜만에 보는 거니까.

시작은 작은 싸움이었다. 드잡이 정도지만 아슬아슬하게 자존심을 건 다툼들. 초반에는 나도 상대도 옅은 성질만 냈다. 인사인 양 슬쩍 뒤통수를 치고 식판에 딸린 요구르트나 젤리를 건드렸다. 축구를 하던 중 부러 태클을 걸기도 했다. 처음엔 말끝에 웃음이 섞여 있었으나 나중에는 지그시 노려보았고 대화 끝에 병신, 덧붙이는 일까지 생겼다.

어느 순간 주위를 둘러보니 친구라며 몰려다니던 놈들은 죄다 사라지고, 교실 뒤편을 지날 때마다 나를 툭 치고 가는 몸뚱이들만 남아 있었다. 10대들의 세상에서 흔한 일이었다. 굳이 어떤 잘잘못이 없어도 정신을 차리면 가장자리 밖으로 밀려나 있다. 누구에게나 그런 일이 생긴다. 그럴 때 필요한 건 탄성이다. 최대한 팽팽하게 당겨져 있다가 기회가 오면 튕겨서 제자리로 가야 한다.

문제는 내가 그때 무조를 만났다는 것이다.

무조는 언제나 가장자리 밖에 서 있었다. 가장자리 같은 게 있는지도 몰랐다는 듯 말없이 창밖이나 보는 애였다. 손톱도 옷소매도 깨끗한 게 영 부담스러웠으나 그렇다고 아주 꽉 막힌 놈은 아니었다. 적당히 우습고 똑똑해서 쉬는 시간을 같이 보내거나 점심을 함께 먹기 딱 좋았다. 그런 사람과 함께

S

있다 보면 미지근한 물속에 들어간 양 긴장이 풀린다. 긴장이 풀리면 탄성도 사라진다. 온몸을 팽팽히 세워서 가장자리 안으로 돌아가야 했는데, 예상치 못한 곳에서 맥이 빠지는 바람에 교실 뒤편에 내몰리고 경동맥까지 눌려버렸다.

그날 무조는 벌점과 반성문 종이 그리고 학부모 상담을 받았다. 나는 양호실에 누운 채 반쯤 열린 문 너머로 들려오는 수군거림에 귀 기울였다. 진짜 온대? 오겠지. 눈 마주치면 안 되는 거 아니냐. 눈은 왜? 그런 것도 옮는다며. 전염병처럼……. 이윽고 폭포처럼 터지는 웃음소리. 와 씨발 이 새끼, 그런 걸 믿네. 와중에 구두 소리가 복도를 두드렸고 모두가 조용해졌다. 구두 소리는 메트로놈처럼 정확한 박자로 가까워지다가 질문과 함께 멈췄다.

교무실이 어디니?

몇 놈이 웅얼거렸다. 곧 이어지는 적막. 다들 겁을 집어먹고 딴청이라도 피우러 간 모양이었다. 잠시 후 양호실 문이 열렸고 나는 몸을 일으켰다. 문틈으로 안쪽을 살피던 여자가 나를 보더니 어머, 소리쳤다. 긴 코트는 새파랬고 구두는 짙은 갈색이었다. 단발머리는 어린애들처럼 짧았다. 여긴 양호실이구나. 여자가 말했다. 교무실은 복도 끝에 있어요. 내가 말했다. 여자는 고마워, 답하고서 나를 물끄러미 보았다. 혹시 무조랑 친구니? 나는 망설이다가 고개를 끄덕였다.

I

그럼, 무조가 화냈다는 게 너 때문이구나?

여자가 다가오자 온몸이 얼어붙었다. 그러니까 이 여자가 무조의 엄마구나. 학교에서 여러 차례 소문으로 돌던 여자, 귀신과 사람의 세상을 오갈 수 있어서 그걸 업으로 삼는다던, F 평일이면 색동옷을 입고 칼 위를 걷거나 방울을 흔든다던 사람 말이다. 소문과 달리 여자의 인상은 평범했다. 아줌마치곤 꽤 예쁘기도 했다. 그러나 그가 내 목을 슬쩍 건들자 도리 없이 어깨가 움츠러들었고, 그것이 병처럼 옮는다는, 그래서 무조 역시 어딘가 넋이 나간 것이라는 말들이 귓가에 맴돌았다.

여기 멍 들었네. 여자가 말했다. 연고는 발랐어?

나는 그의 눈을 피하지 않으려 애쓰며 고개를 끄덕였다. 여자가 알아챈 듯 웃었다. 둥글게 내려가는 눈초리부터 세모진 보조개까지, 속이 울렁일 만큼 아들과 닮은 웃음이었다.

무조는 교문 앞에 서 있었다. 그와 눈이 마주친 순간 목이 빳빳이 굳었다. 뒷덜미에 얹힌 것이 일렁인 탓이었다. 나는 어깻죽지를 주무르며 그에게 다가갔다. 무조가 말했다.

교문 잠겼어.

과연 안쪽에 빗장이 걸려 있었다. 창살을 쥐고 흔들자 요란한 쇳소리가 울렸다. 무조가 내 어깨를 잡았고, 귀신은 귓바퀴 뒤에 숨어들었다. 수줍음이라도 타는 것처럼. J

그러지 말고, 이따가 다시 오자. 몇 시간 지나면 열리겠지.

무조가 몸을 돌려 걷기 시작했다. 나는 잠시 허둥거리다가 뒤를 쫓았다. 함께 학교의 담을 따라 모퉁이를 돌았고 비탈길을 올랐다. 우리 둘 다 오르막 끝에 무엇이 있는지 잘 알았다. 가지를 맞댄 말라깽이 소나무들이 보이면 뒷산 입구에 다다른 것이었다. 나무들 뒤편으로 구불구불한 산책로가 이어졌다. 길 얼었어, 조심해. 무조가 말했다. 산책로 곳곳에 쌓인 눈은 잿빛이었고 반짝거렸다. 나를 흘끗 돌아본 얼굴이 물었다.

뉴질랜드는 지금 여름이지?

입김에 휩싸인 얼굴은 예전 그대로면서도 묘하게 달랐다. 키라도 더 컸나, 아니면 역시 어딘가 늙었나. 계속 눈을 찌르는 앞머리를 넘기며 답했다. 그치, 근데 한국만큼은 안 더워. 무조가 어깨를 올렸다. 계속 말하란 뜻이었다.

재밌었어. 1년이 후딱 지나가더라. 석 달씩 일하고, 한 달씩은 여행 다니고. 중고차 사서 같이 사는 애들이랑 돌아다니면서 운전했지.

운전 잘해?

나 베스트 드라이버야. 밤 운전은 다 내가 맡았어.

좋았겠네. 무조가 말했다. 나는 괜찮았다고 답했다. 꽤 괜찮았다고.

산책로 양편에서 파리하게 빛나는 가로등들 뒤로 조그만 무덤 몇 개가 보였다. 오래전부터 거기 있는 무덤들이었다. 우리와는 영 연고가 없는 형들이 그곳에서 담배를 피웠었다. 봉분 사이에 쭈그리거나 누우면 지나가는 이들에게 거의 보 F 이지 않아 숨기에 좋다는 얘기를 들은 적이 있다. 나는 산책로와 숲을 나누는 나무 난간에 몸을 기댔다. 어제까지 머물던 도시에도 무덤들이 있었다. 흰 대리석으로 만든 묘지 앞에 큼직한 꽃들이 놓여 있었다. 유령은커녕 죽은 자의 혼조차 깃들지 못할 만큼 밝은 풍경이었다. 그러나 이곳은 다르다. 여기서는 산 사람의 몸에도 덥석덥석 귀신이 붙는다. 손발톱인지 손끝인지를 목덜미에 힘껏 박아 넣고 뭔가를 훔쳐낸다. 대체 무얼 훔치는지는 모르겠으나.

무조야.

어.

너 정말로, 그러니까 진짜로…….

뒤돌아서 난간에 등을 기댄 뒤에야 물을 수 있었다. 너 진짜로 귀신이 보이냐? 무조가 웃었다. 내려가는 눈초리와 움푹 팬 보조개. 그걸 보자 우리가 7년 만에 만났다는 사실이 나를 휩쓸었다. 우린 정말 오랜만에 만났다. 이토록 오래 만나지 않을 필요는 없었는데. 나는 난간에서 몸을 뗐다. 그가 계속 웃으면 나도 웃으려 했다. 간만인데 이상한 말이나 해서 미안 J

하다, 그래도 보니까 좋다고. 이제 내려가서 밥이나 먹자고 말할 생각이었다. 그러나 무조는 금세 웃음을 멈추고서 말했다.

그래, 진짜 보여.

그가 한 발짝 다가오더니 내 어깨에 오른손을 얹었다. 귀신은 정수리로 도망치더니 머리카락 속에 스몄다. 무조가 왼손으로 내 머리를 누르며 말했다. 이거 말하는 거잖아.

밤 운전을 하다 보면 종종 묘한 일이 생긴다. 개중 가장 이상한 순간은 남섬에서 벌어졌다. 7월이고, 겨울이었다. 우리가 탄 차는 산중 도로를 따라 굽이를 돌았다. 분명 그전까지는 작은 꽃이 무성한 언덕길이었는데 운전대를 꺾자 설산이 펼쳐졌다. 남섬에서는 흔한 일이라고 했다. 봉우리를 앞뒤로 두고 계절이 변하는 일이 종종 있더랬다.

거기서 자동차 바퀴가 내려앉았다. 펑 소리와 함께 차 뒤꽁무니가 묵직해졌다. 간신히 갓길에 차를 세웠다. 스페어타이어는 없었고, 견인차가 오려면 두 시간은 기다려야 했다. 차에 들어가 문을 잠갔다. 히터는 가장 낮게 틀고 라디오를 켰다. 비올라 협주곡인지 뭔지가 흘러나왔다. 옆 좌석에 앉은 친구가 의자를 뒤로 젖히고 눈을 감았다. 뒷좌석에 앉은 두 친구가 잠깐 키스했다. 나는 운전대에 턱을 괸 채 뿌연 유리창 너머를 보았다. 눈에 점령당한 땅이 흐리게 빛났다. 이게 마지막으로 보는 풍경이어도 좋겠다. 언뜻 그런 생각이 들었다.

졸업식 날에도 비슷한 생각을 했다. 그날 아주 큰 눈보라가 쳤다. 재난 수준이라, 반별 단체 사진은 운동장이 아닌 강당에서 찍기로 했다. 나는 운동장으로 나가 소리쳤다. 야, 들

F

어와. 강당에서 찍는대. 무조는 운동장 가장자리에 서 있었다. 그에게로 걸어가는 내내 바람이 얼굴을 후려쳤다. 소리도 무지막지했다. 운동장을 모조리 삼킬 만큼 커다란 입술이 휘파람을 부는 것 같았다.

뭐 하냐, 들어오라니까.

무조는 철봉 앞에 서 있었다. 우리가 종종 까닭 없이 매달리던 철봉이었다. 그 앞에 멈춰 섰을 때에야 무조가 울고 있음을 알았다. 그냥 우는 것도 아니고, 손등으로 얼굴을 비비며 울고 있었다. 눈이 마주치자 윗니 아랫니를 딱딱 부딪치며 말을 늘어놓았다. 눈보라만큼이나 마구 휘몰아치고 주위를 뒤덮던 말들. 나는 좀 웃었고, 몇 차례 더듬거렸다. 운동장에 쌓인 눈은 이제 발목을 적셨다. 고개를 돌리면 얼음에 휩싸인 학교가 보였다. 바람에 휩쓸린 눈은 거의 횡으로 내렸다. 이게 마지막이라도 나쁘진 않겠구나. 불쑥 그 생각이 올라왔다. 정말이지 여기서 모든 게 끝나도 별로 아쉽지 않겠다고.

담배 피워?

J

S

무조가 고개를 저었다. 잠깐만 기다려줄래, 묻자 끄덕거렸다. 배낭을 내려놓은 뒤 산책로 난간을 넘어갔다. 봉분들 사이에도 성긴 눈이 쌓여 있었다. 그 위로 천천히 눕자 삽시간에 등이 차가워졌다.

누운 채 피우는 담배는 그다지 좋지 않았다. 목이 따끔대고 콧속도 매웠다. 저 너머에서 무조가 외쳤다. 뭐해? 나도 마주 소리쳤다. 나 보이냐? 무조가 다시 외쳤다. 발만 보인다. 나는 무릎을 세우고 발끝을 안쪽으로 말았다. 그토록 험악한 체하던 놈들이 다 여기 웅크려 있었단 말이지. 숨죽여 웃었다.

뭐하냐.

고개를 드니 무조가 발 앞에 서 있었다. 내 정수리와 뒷덜미, 어깨를 훑었다. 너 진짜 보여? 내가 묻자 그가 답했다. 그래, 보인다. 내가 일어나 앉자 무조는 무릎을 굽혔다. 같은 높이에서 마주한 얼굴에는 장난기도 웃음도 섞여 있지 않았다.

내가 물었다.

이것 좀 떼어줄 수 있어?

무조는 대답하는 대신 내 팔을 붙잡았다. 귀신은 이번에

I 등덜미로 달아났다. 무조와 눈이 마주치면 울음이라도 터뜨릴 기세였다. 무조는 나를 번쩍 일으켜 세우더니 앞섶에서 무언가 꺼냈다. 작고 반들거리는 상아색 종이였다. 종이에는 이름 석 자와 주소가 적혀 있었다. 무조가 말했다. 거기로 가, 여

기서 가까워. 전문가니까 뭔가 해줄 거야. 내가 물었다. 전문가라면 무당 같은 거야? 비슷한 거, 라는 답이 돌아왔다. 참지 못하고 또 물었다.

너희 어머니야?

우리 엄마?

무조가 바람 빠지는 소리를 내며 웃었다. 우리 엄만 요새 미용실 하는데.

사과의 말을 웅얼대며 명함을 뒤집어 보았다. 뒷면은 텅 비어 있었다. 대체 누가 무당의 이름과 주소만 적힌 명함을 코트 앞섶에 넣고 다닌단 말인가. 그러나 무조라면 그럴 법했다. 귀신을 보든, 갑자기 누구를 후려치든, 졸업식 날 애처럼 엉엉 울든, 무조가 하는 일은 결국은 필연적인 것처럼 느껴져 입을 다물게 했다. 그럼……. 무조가 산책로를 가리키며 말했다.

이제 다녀와.

다녀오라니, 어딜?

지금쯤 문 열 거야. 늦기 전에 다녀와.

어느새 산책로로 돌아간 무조가 내 배낭을 어깨에 걸쳤다. 나는 이 아래에서 기다리고 있을게. 내가 웃자 무조가 말했다. 농담 아냐. 돌아올 때면 교문도 열려 있겠지. 굳이 왜 지금 다녀와야 하는지 묻자, 무조는 오랫동안 자신의 발을 내려다보다가 물었다.

S

도와달라고 부른 거 아녔어?

그 말에 실린 냉기가 살을 찔렀다. 좋아. 알겠다. 고마워, 그럼 다음에 보자. 내 말에 무조가 고개를 저었다. 나는 학교 쪽에 있을게. 걱정하지 말고 다녀와. 늦지 말고. 나는 이번에야말로 정말 홀린 사람처럼 무조의 말을 따랐다. 난간을 넘어가 산책로로 돌아갔고, 우리가 온 방향 반대쪽으로 몸을 돌렸다. 뒤에서 무조가 소리쳤다. 딴 길로 새지 마. 웃기는 말이었다. 대체 어디로 샌다는 말인가? 애초에 지금 어디로 가는지도 모르는데.

산책로의 출구에도 또 다른 말라깽이 소나무들이 서 있었다. 그 아래를 지나자 반대편 고갯길이 내리막을 그렸다. 언덕 밑으로 도심의 불빛이 융단처럼 깔려 있었다. 익숙한 풍경이었다. 실은 주머니 속 명함에 적힌 주소 또한 눈에 익었다. 그곳은 10여 년 전 나와 무조가 함께 다니던 시절 우리가 살던 동네 부근이었다. 하굣길이 같다는 점은 우리가 친해지는 데 큰 몫을 했다. 여름이면 종종 함께 산책로를 넘어가 이 언덕을

I

내려갔다.

언덕을 내려가자 재개발구역이 나왔다. 10년이 지나면 강산도 변한다던데, 이곳의 개발은 도무지 끝날 기미가 보이지 않았다. '나가지 않으면 쫓아내겠다'는 협박 문구가 빨갛

게 적힌 담장들이 이어졌다. 유리 조각을 방어 막처럼 세우고 있는 화단도 전과 같았다. 벽이 깨진 양옥과 두어 채의 판잣집 그리고 텅 빈 빌라를 지나자 주소의 집이 나타났다. 시멘트 담장 뒤로 파란 지붕이 솟아 있었다. 사자 얼굴 문고리를 잡고 남색 대문을 몇 차례 두드렸다. 대답은 뒤쪽에서 왔다.

누구세요?

펄쩍 뛰고 한 바퀴 돌았다. 거기 여자가 있었다. 새파란 코트에 갈색 구두, 여자애들처럼 묶은 꽁지머리가 눈에 띄었다. 오른손에 든 장바구니는 불룩했다. 나는 더듬더듬 말했다.

저, 무조 소개로 왔는데요.

여자의 눈이 커졌다.

무조?

네…… 그게…… 저한테 귀신이 붙은 것 같아서요.

거참. 여자가 중얼거리더니 장바구니를 내게 건넸다. 그가 열쇠를 돌리는 동안, 나는 멋쩍은 기분으로 장바구니를 들여다봤다. 파와 달걀 그리고 고등어. 딸기가 담긴 투명한 플라스틱 상자에는 할인 스티커가 붙어 있었다. 몇 발짝 앞에서 쇳소리가 울리더니 문이 열렸다. 여자가 먼저 문턱을 넘었다.

들어와요.

마당은 시멘트를 바른 지 얼마 안 된 듯 매끈한 회색이었다. 왼편으로 어설프게 정리된 화단이 보였고, 맞은편에 묘목

한 그루가 서 있었다. 내 가슴께까지 오는 높이였다. 마당 뒤쪽의 집은 마루가 딸린 개조식 한옥으로, 기와 대신 슬레이트를 얹었고 창호지 문짝 대신 유리 미닫이문을 달아 놓았다. 반투명한 유리 너머로 알록달록한 색이 비쳤다.

장바구니는 마루에 두고요.

여자가 마루로 올라가 미닫이문을 열었다. 안쪽에는 어둑한 방이 있었다. 정면의 벽 앞으로 제단이 길게 이어졌는데, 실상 제단이라기보다는 컬렉션에 가까운 모양새였다. 오래된 서랍장 위에 성모상부터 불상, 장군도, 종이 연꽃, 묵주와 염주가 어지러이 섞여 있었다. 어느 모로 보나 멀쩡한 계보는 아니었다. 한가운데 놓인 것은 큼직한 칼이었다. 직사각형의 까만 날에 손잡이는 붉고 푸른 천으로 칭칭 매여 있었다. 칼날은 약 50센티미터짜리 나무판 위에 놓여 있었다. 한눈에 봐도 오래된 물건이었다.

작두예요.

여자가 내 앞에 둥근 상을 내려놓으며 말했다. 작두요? 내가 따라 하자 여자가 더 크게 말했다. 어, 작두. 위에 올라가서 타는 칼. 이제 상 닦아요. 건네받은 분홍색 행주로 얼떨떨한 채 상을 닦았다. 여자가 제단으로 가더니 온갖 조각상과 그림 사이에 놓인 양초에 불을 붙였다. 그러고서는 마루 반대편과 이어지는 주방에 들어갔다. 주방과 마루를 가르는 미닫이문은 반만 열려 있어, 부산스레 움직이는 여자도 절반만 보였다. 장바구니에서 무언가 부스럭부스럭 꺼내는 소리가 들렸다. 몇 분 뒤 그가 다시 외쳤다. 잠깐만 기다려요. 2, 30분 정도만.

F 그건 잠깐이 아닌데, 생각했지만 별수 없었다. 나는 제단이 놓인 방으로 들어갔다. 촛불이 퍼뜨리는 빛에 잠긴 성모 부처 장군 연꽃과 작두 사이로 조그만 액자 하나가 보였다. 손바닥만 한 크기로, 오래된 사진 한 장이 들어 있었다. 액자를 들어 촛불 아래로 가져갔다. 여자와 남자애가 나란히 앉아 있었다. 하단의 촬영 날짜를 보아하니 몇 해 전 겨울에 찍은 것이었다. 사진관 특유의 희끄무레한 배경 속에서 두 사람이 웃고 있었다. 서로 어찌나 닮았는지, 속이 울렁였다.

액자를 다시 세워두고 마루로 돌아갔다. 마룻바닥은 퍽 따뜻했다. 부엌에서 뭔가가 끓는 소리와 함께 생선구이 그리고 밥 냄새가 전해져 왔다. 나는 미닫이문에 등을 슬쩍 기댔다. 문득 피로가, 그것도 어마어마하게 큰 피로가 엄습했다. 내게 붙은 것이 제단에 놓인 신의 형상들을 흘끔거렸다. 아니, 저걸 모두 신이라고 부르긴 어렵겠지. 종교야 잘 모르지만, 연꽃이나 묵주, 십자가가 신이 아니라는 건 알았다. 저것들은 신 근처에 머물며 인간을 지켜보거나 지키는 것들. 굳이 따지자면 수호자라고 부를 수 있겠구나. 어깨 위 그것이 하품을 했다. J

S

눈보라가 몰아치던 날 무조는 갓 스무 살이었다. 나도 마찬가지였다. 우리 앞에는 어마어마하게 긴 시간이 놓여 있었다. 그 안에 들어 있을 행복이나 위험 혹은 상실의 모양을 우리는 전혀 몰랐다. 어쨌든 무조는 그중 하나를 덥석 쥐었다. 그는 꽁꽁 언 철봉을 잡은 채 이야기했다. 내 행복과 안전이 자신의 책임인 듯 느껴진다고, 아니, 그보다는 자신의 책임이었으면 한다고 했다. 자신이 나를 살필 수 있길, 또 보호하길 바란다는 얘기를 몇 번이나 했다. 그러니까 네가 원할 때면 내가 갈게. 무조가 말했다. 내가 있는 데로 오겠다고, 언제 어디서든 그럴 수 있다고 했다. 그 방법만은 엄마에게서 확실히 배웠다고. 말하는 내내 무조의 머리와 어깨 위로 눈이 쌓였다. 그도 얼어붙은 듯 보였다.

이후로 고백을 받거나 하는 순간이 오면 그날 들은 말들이 먼저 떠올랐다. 고백에 쓰이는 말들은 엇비슷했다. 간혹 축축했고 어떻게든 상대를 더듬거렸다. 네가 좋다, 소중하다. 혹은 예쁘다, 더 나아가 아름답다고. 그날 무조가 건넨 유의 말은 두 번 다시 듣지도, 하지도 못했다. 상대를 책임지거나 보호하고자 하는 마음은 대체 무얼로 만들어졌나. 그 말들은 나를 더듬대는 대신 세차게 후려쳤다. 목을 조르고 눈앞을 부옇게 했다. 기절이라도 하고 싶었으나 그럴 수 없어 나는 스스로 내 목을 죄기로 했다.

I

뭔 소린지 모르겠네. 나는 그렇게 말했다. 징그럽게 굴지 마, 얼른 들어가자. 그렇게도 말했다. 우리는 함께 강당으로 들어가 사진을 찍었다. 온몸에 눈이 그득 쌓인 채였다. 사진 속 나는 웃는 얼굴이지만, 실제로는 볼썽사나우리만치 떨
F 고 있었다.

눈을 뜨자 여자가 보였다. 그가 마루를 가리켰다. 둥근 상 위에 흰 김이 오르는 밥과 뭇국, 고등어조림이 차려져 있었다. 양념에 졸인 생선 냄새를 맡자 배에서 요란한 소리가 났다. 밥을 먹지 못한 지 여덟 시간은 지났을 터였다. 저가 항공의 형편없는 기내식이 마지막 식사였다. 나는 비척비척 상 앞에 앉았다. 마당 너머로 보이는 하늘이 희붐했다. 30분이라더니, 세 시간은 지난 듯했다. 여자가 맞은편에 앉았다.

일단 먹어. 그다음에 이야기하자.

밥알은 달았고, 무와 고등어는 입 안에서 녹았다. 여자가 상 아래에서 주전자를 꺼냈다. 나는 그가 따라준 보리차를 한 모금 들이켜고 다시 허겁지겁 밥을 먹었다. 배가 찰수록 어깨에 올라탄 것이 점차 선명해졌다. 빠르고도 뚜렷하게 확고해진 그것이 내 목부터 머리 그리고 등과 배 속까지 분연히 스몄다. 상 위 그릇들을 모두 비웠을 때, 귀신은 내 몸을 통째로 붙
들고서 만족스러운 듯 느린 숨을 내쉬었다. J

S

정말 잘 먹었습니다.

그래. 잘 먹더라.

여자가 다리를 죽 펴더니 앞치마 속주머니에서 담배와 라이터를 꺼냈다. 엄지손가락을 튕기자 붉고 조그만 빛이 생겨났다. 내 쪽으로 향한 여자의 발바닥에는 세로로 푹 팬 자국이 나 있었다. 약 10센티미터 길이로, 일반적인 굳은살은 아녔다. 손가락 한 마디는 들어갈 만큼 깊은 금이었다. 내 시선을 눈치챈 여자가 발끝을 짚고서 말했다. 작두 자국이야. 나는 흘끔 제단을 보았다. 검푸르게 번득대는 날은 맨발로 밟기에는 여전히 날카로워 보였다. 저걸 오래 밟으면 이렇게 돼. 여자가 금을 매만지며 말했다. 내 자랑거리야.

설거지하는 내내 나는 몇 번이나 여자의 눈치를 살폈다. 담배를 피우는 옆얼굴은 기억보다 외려 더 젊어 보였다. 시간을 지나가는 대신 거슬러온 사람 같았다. 나는 반질반질하게 닦인 그릇들을 모두 건조대에 올려놓고 돌아섰다. 그럼 이제 뭘 하면 되죠? 내가 묻자 문틀에 기대서 있던 여자가 눈썹을 올렸다. 뭘 하면 되느냐니?

I 무조가 그쪽이 뭔가 해줄 수 있다고 했거든요.

이제 귀신은 내게 너무나 밀착해 있어, 울렁이는 느낌조차 들지 않았다. 나는 여자에게 등을 보여주며 말했다. 없앨 수 있어요? 여자가 고개를 저었다. 그건 없애면 안 돼. 조금 뒤에 그가 덧붙였다.

오히려 붙들어야지, 어디 가지 못 하도록…….

우리는 다시 마루로 나왔다. 하늘은 아까보다 더 밝았다. 곧 해가 뜰 모양이었다. 제단 위 양초들이 반쯤 녹아내린 채 F 액자 속 얼굴들을 비췄다. 여자의 시선이 내 눈길과 같은 곳에 머물렀다. 그가 말했다. 아들이 딱 한 번 사람을 때린 적이 있어. 나는 대답하지 않았다. 여자가 나를 곁눈질하고서 말을 이었다.

코피가 날 정도로 팼더라고. 자기 손등 뼈에도 금이 갈 정도였어. 친구 때문에 그랬다고 하더라. 걔가 죽을까 봐, 그게 죽을 만큼 무서워서 사람을 때렸다고 .

이제 여자는 나를 노려보고 있었다. 나는 눈을 내리깔았다. 아직도 눈을 감으면 그때 시야를 뒤덮던 흰 점이 떠올랐다. 이내 찾아오던 평온함. 곧이어 나를 붙잡아 흔들던 무조의 얼굴. 여자는 말했다.

그걸 귀신이라고 부르는 건 네 자유지만, 떼어내려고 하진 마. 물론 그것도 네 자유겠지. 하지만 내 아들이…….

나는 조금 기다리다가 물었다. 당신 아들이 뭐요? 여자는 주방으로 돌아가더니 장바구니를 다시 꺼내왔다. 가져가. 여자가 봉투의 손잡이를 내 손목에 걸었다.

씻어놨어. 무조한테 줘. J

여자는 장바구니를 확인할 틈도 주지 않았다. 그는 나를 마루 바깥으로 밀어냈다. 내가 허둥지둥 신발을 신고 코트를 걸치는 동안에도 계속 재촉했다. 얼른 가. 왔던 길 그대로 가면 돼. 방향은 틀지 마. 몇 번이나 질문하려 했으나 여자는 고개를 젓고 쉿, 소리만 냈다. 개한테 전해. 여자가 속닥였다. 우리 모두 할 만큼 했다고.

재개발 단지의 구불구불한 골목을 빠져나와 얼어붙은 언덕을 올랐다. 또 한번 눈이 내렸다. 곧이곧대로 쌓이는 눈, 그 위를 지나가면 발자국이 남는 눈이었다. 학교를 둘러싼 붉은 담이 보였을 때 한 차례 긴 심호흡을 했다.

굽이를 도니 저편에 무조가 서 있었다. 몇 시간 전 정문에서 봤을 때와 거의 같은 모습이었다. 내 배낭을 메고 어깨와 머리 위에 눈이 좀 쌓였다는 점만 달랐다. 눈이 마주치자 그가 손을 흔들었다.

너 계속 여기 있었어?

아니야. 나도 방금 다시 온 거야.

무조에게 장바구니를 건넸다. 그가 안쪽을 들여다보더니 슬쩍 웃고서 할인 스티커가 붙은 딸기를 꺼냈다. 내가 말했다. 씻어놨다더라. 무조는 빗장이 풀린 정문을 가리켰다. 들어가서 먹자.

운동장에도 눈이 쌓여 있었다. 아직은 가늘게 덮였을 뿐이지만 서서히 두께를 더해가는 중이었다. 나도 무조도 말하지 않았으나 발길은 자연스레 철봉이 있는 자리로 향했다. 무조가 그 옆 벤치에 쌓인 눈을 털어냈다. 그 위에 나란히 앉았다. 딸기는 시고 차가웠다. 눈이 계속 입에 들어와서 그런지도 몰랐다.

방금까지 어디에 있었느냐 묻자, 무조는 그저 여기저기 이곳저곳 돌아다녔노라고 했다. 그동안 어떻게 살았냐는 물음에도 똑같이 대답했다. 대체 여기저기 이곳저곳이 어디야. 내 질문에 무조가 소리 내어 웃더니 말했다.

지금은 계속 해외에 있어.

해외에 있어? 지금은, 이라니. 무슨 소리야. 이번 질문에 무조는 답하지 않았다. 대신 내게 물었다. 거기서 무슨 말을 들었어? 나는 무당의 말을 그대로 전해주었다. 우리 모두 할 만큼 했대. 무조가 바닥을 내려다보았다. 웃음인지 찡그림인지 알 수 없는 표정이었다. 화난 것 같기도 하고, 슬퍼하는 듯도 했고, 나만큼이나 그 말을 이해하지 못한 것처럼 보이기도 했다. 느리게 일어난 무조가 내 앞에 섰다. 그가 내 어깨를 짚자, 인이 박인 듯 몸 안까지 단단히 스몄던 그것이 찰랑거렸다. 채 얼지 않은 빙판을 누르면 안쪽에서 일렁이는 물처럼.

무조가 물었다.

S

아직도 그게 너랑 같이 있어? 네가 귀신이라고 부른 거 말이야.

어. 같이 있어.

여전히 떼어내고 싶어?

이번에는 입이 쉬이 떨어지지 않았다. 무조의 어깨 뒤로 해가 뜨고 있었다. 또 하루가 시작됐으며, 나는 이제 한국에 있다. 무조와 함께. 그 모든 사실이 이상했지만, 무조가 곁에 있다는 것이 가장 기이했다. 그러면서도 이것이 옳다고 여겨졌다. 한국에 왔으니 무조를 만나야 했다. 귀신이 붙어 있건 말건, 그걸 떼어낼 수 있건 아니건 간에.

무조의 양손이 내 목에 올라왔다. 귀신이 이번에는 더 힘껏 울렁였다. 목울대 양쪽에 닿는 손끝은 몹시 차가워 피부보다는 쇠 같았다. 숨 참아. 무조가 말했다. 나는 그의 말을 따랐다. 촘촘한 힘이 목을 눌렀다. 나는 눈을 감았다. 어둠 속에서도 흰 점은 찍혔다. 굉장한 눈바람에 뒤덮이듯이, 점차 눈앞을 가득 채우는 백색이 예나 지금이나 아늑했다.

선우야.

I 무조가 나를 불렀다.

넌 제발 그러지 좀 마라.

다시 눈을 떴다. 축 늘어뜨린 무조의 손이 떨렸다. 예전부터 그랬어, 말하는 목소리도 요동쳤다. 너는 진짜로 늘 너무 쉽게 포기해. 포기할 수 있는 상황만 기다리는 사람 같아. 나는 벤치에 앉아서 무조의 얼굴을 올려다보았다. 기절은 없었다. 백야도 오래가지 않았다. 귀신은 여전히 내 몸 곳곳에 배어 있었다. 원래부터 나와 함께 태어난 것처럼 자연스럽게.

뭘 하면서 지냈느냐고 물었지.

무조가 말했다.

난 잘 지냈어, 선우야. 연애도 하고. 한 사람이랑 오래 만나고 있어.

일어서자 무조의 얼굴이 더 선명히 보였다. 일출 속에 드러난 얼굴은 딱 제 나이처럼 보였다. 묻고 싶었다. 그 사람을 책임지고 있는지, 원하는 만큼 그를 보호하며 무조 자신도 안전하게 살고 있는지를. 소리 내어 질문할 필요는 없었다. 답은 알았다.

언제 어디서든 부르라고 했지만, 앞으로는 이렇게 오긴 어려울 것 같다.

나는 고개를 끄덕였다. 무조가 제 이마를 문지르다가 물었다. 괜찮겠어? 그건 이틀 전에도 들은 질문이었다. 공항에 모여든 친구들, 여전히 흰 묘지가 있는 도시에서 지내고 있을 친구들은 내 팔이나 어깨를 붙잡고 물었다. 너 괜찮겠어? 선, 한국으로 돌아가도 잘 지낼 수 있겠어? 내 미덥지 않음은 국경을 넘어 바다까지 지나왔구나.

여자의 발에 경계처럼 나 있던 금이 떠올랐다. 그런 게 있는 사람은 어찌나 믿음직스러운지, 그런 걸 가지려면 얼마나 오랜 시간을 겪어야 하는지 생각했다. 괜찮아, 고마워. 내가 말했다.

그리고 무조야, 네가 그때 그렇게 말해줘서 좋았다.

무조가 한참 뒤에 물었다. 그랬어? 내가 대답했다. 어, 정말로. 그래서 오자마자 연락했잖아. 양손을 뻗어 그의 어깨에 쌓인 눈을 털어냈다. 쓸어낸 결대로 손자국이 남았다.

*

이튿날 아침에는 일찍 일어나 몸을 씻었다. 가진 것 중 제일 두툼한 패딩을 꺼내 입었다. 거실에 앉아 있던 누나가 물었다. 시차 적응은 어때. 내가 말했다. 애당초 적응할 정도로 시차가 크지 않다니까. 계속 말했잖아. 네 시간 차이라고. 누나가 웃었다. 아니 그렇게 머니까, 매번 착각하게 돼. 밤낮이 뒤집혀 있을 것 같아. 나도 그와 비슷한 착각을 하던 적이 있었다. 그러나 극단적으로 먼 곳의 시차는 외려 크지 않다.

집 앞에서 마을버스를 탔다. 구부렁길을 지나며 흔들리는 버스를 따라 휘청이다가 종점에서 내렸다. 골목길은 우리가 살던 때와 거의 같은 모습이었다. 10년이면 강산도 변한다던데, 이 구역의 개발만큼은 도무지 이뤄지지 않는구나. 쫓겨 나지 않겠다는 결심이 적힌 담벼락이나 덩굴에 뒤덮인 화단도 전과 같았다. 서너 채의 판잣집과 벽이 깨진 빌라, 담쟁이에 뒤덮인 구옥 몇 채를 지나자 그 집이 나왔다. 회색 담장에
F 고정된 삼색 봉이 번쩍번쩍 빛나며 돌아가고 있었다.

남색 대문에 달린 흰 버튼을 누르자 가짜 종이 울렸다. 마당을 가로지르는 발소리. 곧 문이 열렸다. 여자가 틈새로 얼굴을 내밀었다. 종아리까지 감싸는 패딩 차림이었다. 귀를 덮는 단발에 흰머리가 몇 올 섞여 있었다. 내가 말했다.

머리하러 왔어요.

명함을 내밀자 여자가 눈을 치켜떴다. 어머, 이 명함 진짜 오랜만이네, 말하며 문을 열어주었다. 주름진 시멘트 마당 양쪽에는 화단과 나무가 있었다. 화단에는 미처 뽑지 않은 배추들이 얼어붙은 채였다. 나무는 내 키보다 훌쩍 컸다. 둥글게 굽은 가지가 서리로 반짝였다.

여자가 먼저 마루에 올라갔다. 열린 미닫이문 너머에 1인용 의자와 타원형 거울, 가위며 빗이 담긴 3단 서랍이 차례대로 서 있었다. 뒤에서 여자가 물었다.

어떻게 잘라줄까?

알아서 해주세요.

거울 속 남자는 그대로였다. 안쓰럽게 말랐고, 머리는 산 J

S

발이었다. 여자가 내 어깨에 천을 두른 뒤 앞머리를 한 움큼 쥐었다. 서걱서걱 잘려 나간 머리카락이 바닥에 쌓였다. 머리카락이란 죽은 세포들이 몸 밖으로 밀려난 것이라던데. 지금 잘리는 것은 한때 내 피나 뼈나 살이었다가 눈썹 또는 각막이나 입술 아니면 몸속의 무언가였을 터. 귀신과 그것들 사이에 무슨 차이가 있는지. 어쩌면 이것이야말로 귀신이나 다름없지 않나.

벽에 걸린 액자를 보았다. 사진 속 남자애들은 온통 눈에 뒤덮인 채로 웃고 있었다. 눈이 빨갛고 얼굴도 얼었으나 용감하게 보이려는 듯 한껏 미소 지은 채다. 뒷머리가 잘려 나갈 즈음 나는 물었다. 걔 지금 어디 있어요? 여자는 내가 한 번도 가본 적 없는 도시의 이름을 말해주었다. 그 도시 역시 어마어마하게 멀었고, 그렇기에 별로 시차가 크지 않은 나라에 있다고 했다. 그는 그곳에서도 장학금을 놓치지 않고 공부를 이어가는 중이었다. 여자의 자랑 중 하나라고 했다. 곧 여자가 가위를 내려놓았다.

나는 거울을 물끄러미 들여다보았다. 눈썹과 귀 목덜미 모두가 제대로 보였다. 텅 빈 목에 찬바람이 부닥쳤다. 그제 밤 목에 철썩 달라붙은 것이 벌벌 떨었다. 여자가 말했다. 깔끔하긴 한데, 너무 추워 보인다. 목도리 남는 거 있으니까 매고 가. 몇 번 거절했지만 소용없었다. 여자는 거울 뒤쪽의 문

I

을 열고 들어갔다. 어둑한 방 안의 벽에 걸린 기다란 칼이 언뜻 보였다. 곧 여자가 감색 목도리를 갖고 나왔다. 아들이 어릴 때 매던 것이라 했다. 어찌나 낡았던지 끄트머리가 너덜너덜했지만, 목에 두르니 확실히 덜 추웠다. 목도리로 턱까지 감
F 싼 채 마당으로 나왔다. 아직 눈이 덜 녹은 마당 언저리를 훑다가 나무 앞에 멈춰 섰다. 여자가 내 옆에 서서 말했다.

아들이 태어난 해에 심은 나무야.

나무의 우듬지는 단단했고 가지들은 둥그스름한 곡선을 그렸다. 이 나무 이름이 뭐예요? 내가 묻자 여자는 마구 웃더니 까먹었어, 말했다. 오래전 묘목을 팔던 사람한테 들었는데 잊어버리고 말았다고. 이름을 까먹어도 좋을 만큼 무럭무럭 자랐더랬다. 겨울이면 이처럼 흰 서리에 휘감겨 꼭 죽은 듯 보이지만 실은 아주 건강한 나무라고도 했다. 날이 따뜻해지면 붉고 큼지막한, 대단한 꽃들을 피운다면서.

J

S

《반지의 제왕》 속 인물들을 MBTI 유형으로 분류한 글을 봤다. 스스로도 이유를 모르겠지만, 괜히 화가 좀 났다. 다만 샘와이즈 갬지의 유형이 ISFJ이며 그 유형의 또 다른 이름이 '수호자'라는 설명까지 읽고 나자 아무렴 어쩌랴, 싫어졌다.

샘의 직업은 정원사로, 이후에는 영웅까지 겸한다. 소설 속 그는 경호원 또는 상담사 역할까지 맡고 있다(요리사 일도 한다). 그는 세계에서 가장 무서운 물건인 반지를 옮겨야 하는 주인장 프로도 배긴스를 보살핀다. 샘의 충성심은 무한에 가까워 눈물겨운데, 나는 어릴 적부터 그 충성심이 좀 수상쩍다고 느꼈다. 그런 까닭에 샘이 오랫동안 짝사랑하던 로즈와 결혼했을 때는 얇은 상처마저 받았다.

I

수호자의 사전적 정의는 '지키고 보호하여 주는' 존재다. 보호하여 '준다'란 표현이 묘하다. '준다'는 건 물건이나 시간을 남에게 건네어 가지거나 누리게 하는 것. 수호자들 삶의 핵심은 자신이 아닌 (보호를 건네거나 누리게 해줄) 상대에게 있다. 근데 그게 되나, 타인을 자기보다 더 중히 여기는 게.

그것이 궁금한 나머지 소설 속 한 명에게 수호자 역할을 맡겼다. 물론 이는 역할일 뿐, 변치 않는 본질은 아니다. 샘이 대단한 호빗인 것은 그가 타고난 수호자여서가 아니라 누군가를 지키는 선택을 거듭하여 내렸기 때문이다. 누구에게도 그런 선택은 쉽지 않다. 내 소설 속 인물들에게도 마찬가지다.

긴 여정을 끝내고 집으로 돌아간 샘은 오래도록 프로도를 그리워한다. 와중에도 정원을 가꾸며 아이들을 기른다. 로즈는 다정하고 현명한 사람인 것 같다. 이들 부부가 낳은 아이는 모두 열세 명. 첫아이의 이름은 프로도이며, 그는 나중에 정원사가 된다. 이상한 사랑들이 그 이야기에 얽혀 있다. 그리고 나는 아마 이 이야기를 은정이와 슬기를 위해 썼다.

함윤이 **2022년 《서울신문》 신춘문예에 단편 〈되돌아오는 곰〉을 발표하며 작품 활동을 시작했다.**

M
B
P
N
Q

&
I
A
J
S
T

M

& T

I

엣프피 × 인티제

ESFP인 당신! 부담스럽지만 사실은 좋아해……

김홍

1 작품 속 인물의 **MBTI**와 작가님의 실제 **MBTI**는 같을까요? 다르다면, 작가님의 실제 **MBTI**는 무엇인가요?

→ 저는 **INTJ**입니다. **INTP**이었는데 언젠가부터 계속 **INTJ**가 나옵니다. 그동안 **P**로 살아온 자신을 반성합니다.

2 작가님의 **MBTI** 소개 문구를 바꿀 수 있다면 뭐로 바꾸시겠어요?

→ 바꾸지 않겠습니다. 벽에 붙여놓고 용의주도한 전략가답게 살 수 있도록 매일 노력하고 싶습니다.

3 **ESFP**(연예인)의 소개 문구를 바꿀 수 있다면 뭐로 바꾸시겠어요?

→ 연예인, 당신을 위한 것은 아닌.

4 왠지 나와 같은 유형, 그리고 ESFP 유형일 것 같은 작품 속 인물이 있다면?

→ 《해리포터》 시리즈 기준 스네이프 교수님이 **INTJ**라고 하네요. 제가 감히 교수님 같은 위인이 될 수 있을지는 모르겠지만 약병 정리는 교수님 만큼 해놓을 수 있습니다. 선입선출 재고관리 철저! **ESFP**는 론 위즐리라고 하네요. 내 친구가 돼줘서 너무 고마워요. 하지만 가끔 제가 "로널드 빌리우스 위즐리!" 하고 소리 지를지도 몰라요.

5 길을 걷던 중 누군가 "지금 무슨 음악 듣고 계세요?"라고 묻는다면 작가님과 산해 씨는 각각 어떻게 답할까요?

→ **김홍** '아 이거 그건가, 나는 실제로 〈Hype boy〉 듣고 있지도 않고……. 원하는 대답해 주고 싶지 않다. 그렇다고 지나치게 재치있는 척 참신한 대답하고 싶지도 않다. 나는 지금 KBS 콩 어플로 제1라디오 〈홍사훈의 경제쇼〉 다시 듣기 하고 있는데 이거 얘기할 생각도 없음. 그냥…… 그냥 지나가자.'

"죄송합니다."

산해 "뉴진스 〈Hype boy〉요." 하고 춤춘다.

6 작가님과 산해 씨의 일상적이고 사소한 습관이 있다면 각각 무엇일까요?

→ 일상적으로 두 시간에 한 번씩 스케쥴러 보기. 내일, 주말, 다음 주 일정 또 확인하고 미리 준비할 거 없나 생각해 보기. 산해도 두 시간에 한 번씩 스케줄러 보기. 약속 빈 날 있는지 확인하고 미리 일정 채워놓기.

7 어떤 실수가 잊히지 않아서 내내 괴롭다면 어떻게 대처하시나요? 또 산해 씨라면 어떻게 할까요?

→ 저는 괴로워하고 또 괴로워합니다. 괴로운데 어떻게 해. 산해는…… 산해도 괴로운 건 어쩔 수 없습니다. 근데 산해는 좀 울 듯.

8 끝으로, 도대체 **MBTI**가 뭐길래! **MBTI** 유행에 대한 나의 생각을 다섯 글자로 말한다면?

→ 널 알고 싶어.

N…… × 엔프제

우리는 완결될 수 있을까요?

위수정

---

1 작품 속 인물의 **MBTI**와 작가님의 실제 **MBTI**는 같을까요? 다르다면, 작가님의 실제 **MBTI**는 무엇인가요?

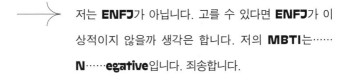

→ 저는 **ENFJ**가 아닙니다. 고를 수 있다면 **ENFJ**가 이상적이지 않을까 생각은 합니다. 저의 **MBTI**는…… **N**……**egative**입니다. 죄송합니다.

2 작가님의 **MBTI** 소개 문구를 바꿀 수 있다면 뭐로 바꾸시겠어요?

→ 저를 대표하는 **MBTI**의 특징이 될 수 있을지는 모르겠으나, '유리로 만들어진 몽상가' 정도가 괜찮을 것 같습니다. 마음에 드는 것은 결코 아니지만요.

3 **ENFJ**(선도자)의 소개 문구를 바꿀 수 있다면 뭐로 바꾸시겠어요?

→ '선도자'라는 특징으로 **ENFJ**를 규정지을 수 있다면, 이 작품에서 **ENFJ**는…… 뒤늦게 깨닫는 선도자……라고 하면 너무 아이러니한가요…….

4 왠지 나와 같은 유형, 그리고 **ENFJ** 유형일 것 같은 작품 속 인물이 있다면?

→ 도스토옙프스키의 《지하로부터의 수기》에 등장하는 주인공이 저와 비슷한 유형이라고 생각해 왔어요. 영 별로긴 하지만 그래서 더 비슷한 것 같은……. 아마 다시 읽으면 깜짝 놀랄지도 모르겠어요. 그랬으면 좋겠어요. **ENFJ** 유형일 것 같은 인물은 잘 떠오르지 않아 인터넷 검색을 해보니 《해리 포터》의 덤블도어라고 합니다. 히어로 물의 조력자들 중에 **ENFJ** 성향이 많을 것 같기도 해요.

5 길을 걷던 중 누군가 "지금 무슨 음악 듣고 계세요?"라고 묻는다면 작가님과 혜신 씨는 각각 어떻게 답할까요?

→ 저라면, 왜요? 저 좋아하세요?라고 말하지는 않고, 그냥 말없이 지나칠 것 같습니다.
혜신이라면, 잠시만요, 제가 잠시 딴 생각하느라…… 알려드릴게요, 하면서 대화를 시작하지 않을까요.

6 작가님과 혜신 씨의 일상적이고 사소한 습관이 있다면 각각 무엇일까요?

→ 최근 10년 넘도록 저의 습관은 강아지 쓰다듬고 냄새 맡는 것입니다.
혜신은, 사람들에게 웃어주기, 메모하며 날짜 세고 돈 계산하기…….

7 어떤 실수가 잊히지 않아서 내내 괴롭다면 어떻게 대처하시나요? 또 혜신 씨라면 어떻게 할까요?

→ 저는, 계속 괴로워합니다. 잊었다고 착각하고 지내다가 또다시 자책하며 괴로워하길 반복합니다.

혜신이라면 이미 지난 일에 대해서는 잊을 수 있을 거라 생각해요. 그리고 실수를 만회하기 위해 계획을 세워 실천하지 않을까요? 희망을 잃지 않으며. 저는 혜신이 긍정적이길 바라는 것 같아요. 어떤 삶을 살든.

8 끝으로, 도대체 **MBTI**가 뭐길래! **MBTI** 유행에 대한 나의 생각을 다섯 글자로 말한다면?

→ 과몰입 금지.

잇프피

어떻게 보일지 모르지만(사실 앎) 전 정말 바쁘답니다.

이주란

---

1 작품 속 인물의 **MBTI**와 작가님의 실제 **MBTI**는 같을까요? 다르다면, 작가님의 실제 **MBTI**는 무엇인가요?

→ 저는 소설 속 인물과 같은 **ISFP**입니다. 저의 유형인 **ISFP**에 대해서도 말하기 어려웠기 때문에 다른 유형의 **MBTI**에 관해서는 절대 말할 수 없었어요. 아무튼 소설 속 두 사람은 모두 **ISFP**인데, 같은 듯 다르고 다른 듯 같을 거라 생각합니다. 실제로 저는 제 주변의 **ISFP**(단 한 명)와 상당 부분 다른데요, 저는 그 친구와의 평온한 시간 속에서 자주 저 자신을 발견하곤 합니다.

2 작가님의 **MBTI** 소개 문구를 바꿀 수 있다면 뭐로 바꾸시겠어요?

→ 내 방 안의 모험가, 혹은 침대 위의 모험가 아닐까요(모

험 맞아요). 저는 제 방이 없던 시절에도, 침대가 없던 시절에도 아무튼 누워 있는 걸 참 좋아했습니다.

3 왠지 **ISFP** 유형일 것 같은 작품 속 인물이 있다면?

→ 자신은 없습니다만 영화 〈혼자 사는 사람들〉의 진아, 영화 〈삼진그룹 영어토익반〉의 자영을 보며 **ISFP**가 아닐까, 라고 생각한 적이 있습니다.

4 길을 걷던 중 누군가 "지금 무슨 음악 듣고 계세요?"라고 묻는다면 작가님과 작품 속 '내 친구'는 각각 어떻게 답할까요?

→ 저는 카더가든의 〈섬으로 가요〉, 〈아무렇지 않은 사람〉이라고 말하다가, 아니 이것뿐만이 아니라 전부 다…… 라고 답할 것 같고요, 작품 속 '내 친구'는 타이 베르데스의 〈how deep〉, 〈last day on earth〉라고 말하며 파란 배경의 라이브 영상을 보라고 추천해줄 것 같습니다.

5 작가님과 작품 속 '나'가 공통적으로 가진 일상적이고 사소한 습관이 있다면 무엇일까요?

빨래를 미룰 수 있을 데까지 미루는 것이랄지 보고 싶지만 연락하지 않는 것?

6 어떤 실수가 잊히지 않아서 내내 괴롭다면 어떻게 대처하시나요? 또 작품 속 '나'라면 어떻게 할까요?

→ 다시 태어나지 않는 한 어차피 돌이킬 방도는 없으니까요, 그런 실수를 하는 게 나라고 인정하고 받아들이려 노력합니다. 나는 사는 동안 절대 아무런 실수도 하지 않는 무결한 인간이 아니다, 라는 것을요. 그런 다음에는 정확하게 어떤 지점이 괴로운 것인지 잘 들여다봅니다. 상대가 없는 실수라면 다시 그러지 않으려는 다짐을 하고요, 상대가 있다면 진심을 담아 털어놓습니다.

하지만 가끔은 타이밍을 놓치거나, 혹은 다른 이유로 마음을 털어놓지 못할 때도 있는데요, 그럴 땐 그동안의 나와 타인을 믿어봅니다. 제가 실수를 한 뒤 괴로운 이유는, 상대가 절 싫어하게 되는 것이 두려워서거든요. 아주 큰 실수라거나 수차례 반복한 실수가 아니라는 전제라면, 이번 일로 날 싫어하게 되지는 않을 거야, 라고 믿어 봅니다.

7 끝으로, 도대체 **MBTI**가 뭐길래! **MBTI** 유행에 대한 나의 생각을 다섯 글자로 말한다면?

→ 다섯 글자요? (별생각 없어, 라고 하면 다소 무심해 보일까 봐 두렵지만 별생각 없다.)

엣프제 × 인티프피

모두가 함께라면 기쁨과 행복이 두 배! (feat. 늘어가는 상처)

최미래

---

1 작품 속 인물의 **MBTI**와 작가님의 실제 **MBTI**는 같을까요? 다르다면, 작가님의 실제 **MBTI**는 무엇인가요?

→ 저의 **MBTI** 유형은 **INTFP**입니다. '아이엔티프피', 혹은 '인티프피'라고 읽습니다. 검사 결과 **I**(내향형), **N**(직관형), **P**(인식형)는 의심의 여지가 없었습니다. 그런데 **T**(사고형)와 **F**(감정형)의 막대그래프가 거의 중간에 걸쳐 있었습니다. 저는 근소한 차이로 **INTP**이 되었지만 이 사실을 인정하고 싶지 않습니다. 제 주변에 존경하는 **INFP**들이 많거든요. **MBTI** 유형과 별개로 저는 다정하고 상냥하고 귀여운 사람이 되고 싶습니다.

2 작가님의 **MBTI** 소개 문구를 바꿀 수 있다면 뭐로 바꾸시겠어요?

→ 저의 (표면적) **MBTI** 유형인 **INTP**은 논리적 사색가입니다. 이에 **ESFJ**의 사교적 외교관을 더해 사교적 사색가로 바꾸겠습니다. 다양한 사람과 어울리며 사는 것에 대해 깊이 생각하고 싶습니다. 줄여서 '사사'라고 부르려고요. 좋아하는 단어에 '사'라는 글자가 많이 들어가기도 하고요. 사람, 사랑, 사자, 사이.

3 **ESFJ**의 소개 문구를 바꿀 수 있다면 뭐로 바꾸시겠어요?

→ 여전히 **ESFJ**에 대해서 잘 모르기 때문에 바꾸고 싶지 않습니다.

4 왠지 나와 같은 유형, 그리고 **ESFJ** 유형일 것 같은 작품 속 인물이 있다면?

→ **ESFJ**일 것 같은 작품 속 인물: 정대만, 〈슬램덩크〉.
나와 같은 유형일 것 같은 인물: 모르겠습니다. 적당하게 떠오르는 캐릭터가 없어 **INTP** 캐릭터를 검색해 보니, 온통 음침한 캐릭터뿐이더라고요…….

내가 이토록 인물에게 관심이 없었나 반성하는 계기가 되었습니다.

5 길을 걷던 중 누군가 "지금 무슨 음악 듣고 계세요?"라고 묻는다면 작가님과 김서정, 조황주는 각각 어떻게 답할까요?

→ **최미래** 노코멘트하겠습니다. (설명하기 애매하고, 취향을 들키고 싶지 않아요.)

김서정 신나는 팝송 플레이리스트를 재생해 놓았어요. 듣다 보면 발걸음이 가벼워진답니다. 혹시 그런 거 좋아하세요? 들으면 기운이 나고 마음이 씩씩해지는 노래요. 원하시면 제가 만든 플레이리스트 링크 보내드릴게요!

조황주 요즘 최애곡인 〈Dreams Come True〉입니다. 'S.E.S' 말고 '에스파' 버전이요.

6 작가님과 조황주의 일상적이고 사소한 습관이 있다면 무엇일까요?

→ 저와 김서정은 굉장히 다른 성격이지만 공통으로 지니고 있는 습관이 있습니다. 지나온 시간을 되짚고, 몇 번이나

들여다보는 것입니다. 그것이 자기 자신을 좀먹는 부정적인 습관일지라도요. 저의 경우 일부러 지나온 시간을 되새긴다기보다 그 시간이 일상에서 불쑥 튀어나올 때가 잦은데요, 조황주는 어떤지 모르겠네요. 제가 아는 조황주는 무어라 설명할 수 없는 괴로운 감정이 체화될 때까지, 그 감정에 이름을 붙여줄 수 있을 때까지 충분히 그 시간을 짚어내는 사람입니다.
누구나 일상적이고 사소한 습관을 지니고 있을 거예요. 어떤 습관은 사소하지 않다는 것을 기억하고 싶습니다. 그러다 보면 언젠가 김서정의 마음을 헤아릴 수 있게 될까요?

7 어떤 실수가 잊히지 않아서 내내 괴롭다면 어떻게 대처하시나요? 또 김서정이라면 어떻게 할까요?

→ **최미래** 끝까지 괴로워합니다. 그러는 동안 또 다른 실수가 발생하여 그 이전 실수에 대한 후회를 덮습니다. 새로운 후회를 해야 하니까요. 그러면 또 괴로워하다가 또다시 새로운 실수가 탄생하고……. 어쩔 수 없죠. 인간은 실수로 이루어져 있는걸요.

김서정 내내 괴로워하지 않으려고 애써요. 운동도 하고 책도 읽고 친구를 만나 맛있는 빵집 가서 사는 얘기를 해요. 실수한 것이 자꾸 생각날수록 다른 일을 더 찾아 하는 것 같아요. 그래도 자꾸 생각이 난다면 그건 실수가 아니라 잘못, 혹은 사랑이겠죠.

8 끝으로, 도대체 **MBTI**가 뭐길래! **MBTI** 유행에 대한 나의 생각을 다섯 글자로 말한다면?

→ 내가 아닌데: 분명 이건 내가 아닌데 이게 나라고? 하는 순간 이것이 나라는 생각에 빠진다.

잇프제 × 엔프제

조금 쑥스럽지만, 열심히 답했습니다

함윤이

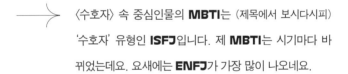

1 작품 속 인물의 **MBTI**와 작가님의 실제 **MBTI**는 같을까요? 다르다면, 작가님의 실제 **MBTI**는 무엇인가요?

→ 〈수호자〉 속 중심인물의 **MBTI**는 (제목에서 보시다시피) '수호자' 유형인 **ISFJ**입니다. 제 **MBTI**는 시기마다 바뀌었는데요. 요새에는 **ENFJ**가 가장 많이 나오네요.

2 작가님의 **MBTI** 소개 문구를 바꿀 수 있다면 뭐로 바꾸시겠어요?

→ **ENFJ**의 소개 문구는 '선지자'로군요. 사전상 정의로는 남보다 먼저 깨달아 아는 사람이고, 기독교적 의미에서는 예수 강림과 하나님의 뜻을 예언하던 사람이라고 해요. 의뭉스러운 데다가 멋진 뜻이니 그대로 두고 싶습니다.

3 **ISFJ**(수호자)의 소개 문구를 바꿀 수 있다면 뭐로 바꾸시겠어요?

→ '수호자'라는 단어를 보자마자 기막힌 이름이라고 생각하여 제목까지 내리 정해버렸는걸요. 역시 바뀌는 일이 없으면 좋겠습니다. 참 근사한 소개 문구예요.

4 왠지 나와 같은 유형, 그리고 **ISFJ** 유형일 것 같은 작품 속 인물이 있다면?

→ 작가 노트에도 적었습니다만, 애당초 이 소설의 제목을 붙인 계기가 **MBTI** 사이트의 '이 유형에 해당하는 인물' 목록에서 《반지의 제왕》의 '샘와이즈 갬지'(국역본으로는 '감지네 샘와이즈')를 본 일이라서요. 그만큼 '수호자'란 호칭에 잘 어울리는 사람이 없어서, 다른 인물을 거론하기 어렵군요.

저와 같은 유형은 잘 모르겠습니다. **ENFJ**의 소개 문구가 '선지자'이니까, 말 그대로 선지자들이 이 유형의 원형 아닐까요.

성서의 선지자들 목록을 보니 하바꾹이란 이름이 유독 눈에 띄네요. 그의 예언서는 특이하게도 불평으로 시작한다고 합니다. 저도 불평은 많이 해요.

5 길을 걷던 중 누군가 “지금 무슨 음악 듣고 계세요?” 라고 묻는다면 작가님과 ‘무조’는 각각 어떻게 답할까요?

⟶ 상상해 보니 무섭네요. 대체 왜 이런 질문을 하는 걸까? 궁금하긴 하겠으나, 아마 저도 무조도 (상대방이 대단한 이상형이나 호감형이 아닌 한) 시비가 걸리지 않을 정도로만 친절하게 응대하고 모른 척, 가던 길을 갈 것 같습니다. 그리고 집에 돌아와 유튜브를 본 뒤 시류를 깨닫게 되겠죠.

6 작가님과 ‘무조’의 일상적이고 사소한 습관이 있다면 각각 무엇일까요?

⟶ 전 아직도 손톱을 물어뜯어요. 고치고 싶은데 잘 안 되네요. 반면 무조는 손톱을 물어뜯는 일 따위는 전혀 하지 않을 것 같죠. 저는 감정이 북받치면 욕도 종종 하는데 (이것도 잘 안 고쳐져요) 무조는 욕도 잘 하지 않는 사람이라고 이미 써버렸고요. 저랑 너무 다른 사람의 습관을 그리기란 쉽지 않네요. 그래도 상상해 보건대, 무조는 버스나 지하철 안에서 휴대폰으로 테트리스를 하는 사람일 거예요. 일상에서도 (창틀이라거나 옷의 격자무늬 등) 테트리스

와 비슷한 모양의 조각들이 보이면 무심코 그것들을 서로 맞춰볼 것 같습니다. 잘 맞으면 기뻐하기도 할 것 같죠.

7 어떤 실수가 잊히지 않아서 내내 괴롭다면 어떻게 대처하시나요? 또 '무조'라면 어떻게 할까요?

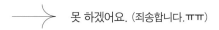

→ 전 요령이 없어서 그냥 괴로워합니다. 그러다가 달리거나 헤엄을 치러 나가요. 친구들을 만나며 서서히 나아지기도 하고요. 무조라면 그냥 속으로 오래도록 곱씹으면서 견딜 수 있을 정도로 병들어 갈 것 같아요. 그러다가 또 알아서 잘 나을 듯한데요. 병충해와 맞서는 식물들처럼…….

8 끝으로, 도대체 **MBTI**가 뭐길래! **MBTI** 유행에 대한 나의 생각을 다섯 글자로 말한다면?

→ 못 하겠어요. (죄송합니다.ㅠㅠ)

우리 MBTI가 같네요!

발행일 2023년 5월 19일 초판 1쇄

지은이 김홍 · 위수정 · 이주란 · 최미래 · 함윤이
기획 읻다
편집 김준섭 · 이해임 · 최은지
디자인 이지선
제작 영신사

펴낸곳 읻다
발행인 김현우
등록 제2017-000046호. 2015년 3월 11일
주소 (04035) 서울시 마포구 양화로 11길 64, 401호
전화 02-6494-2001
팩스 0303-3442-0305
홈페이지 itta.co.kr
이메일 itta@itta.co.kr

ISBN 979-11-89433-88-8 04810
ISBN 979-11-89433-65-9 (세트)

책값은 뒤표지에 있습니다.
잘못된 책은 구입하신 서점에서 바꾸어 드립니다.

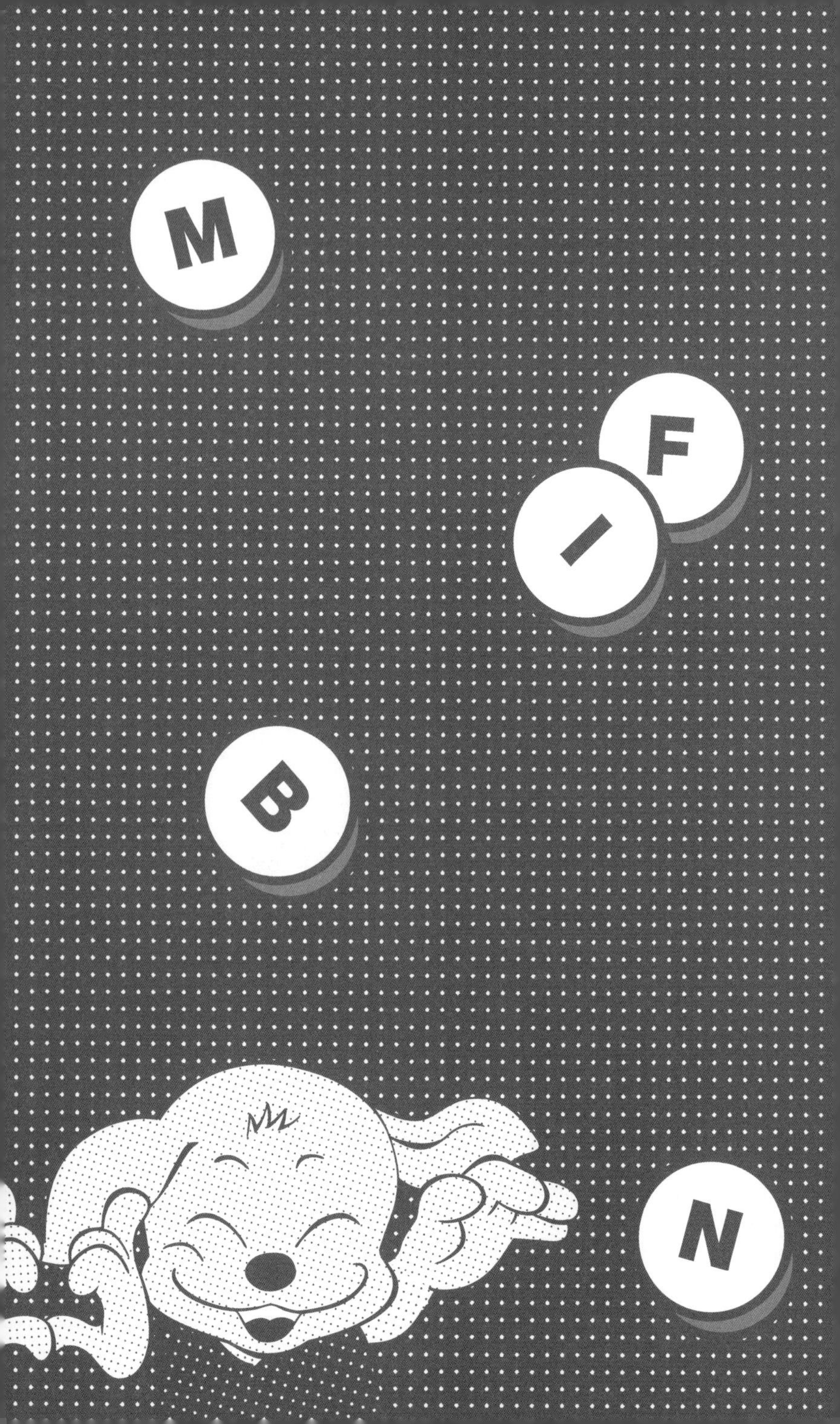
M
F
I
B
N

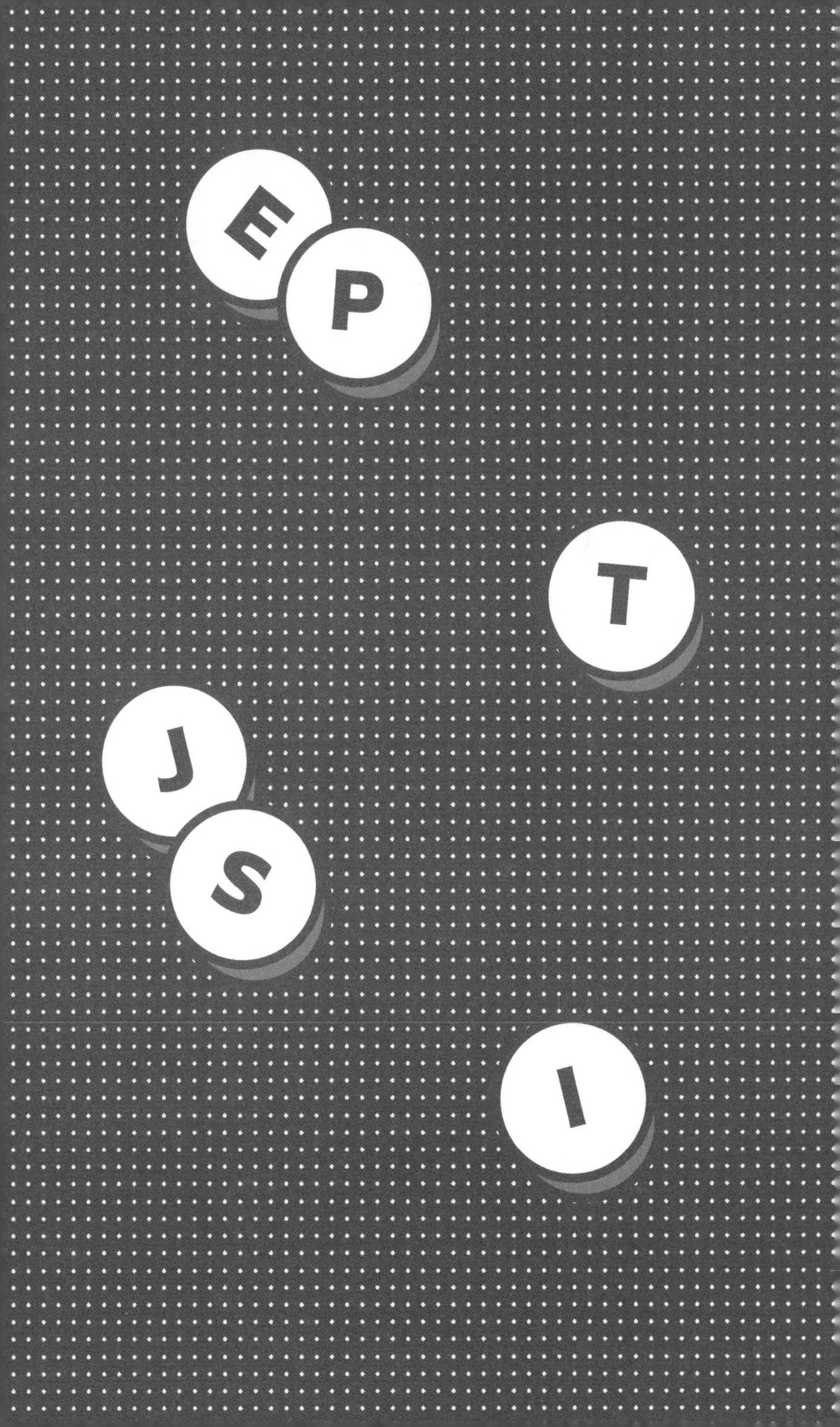
E
P
T
J
S
I

M

&　T

I